猫越山《ねっこやま》

足立康

NEKKOYAMA

ADACHI YASUSHI

猫越山

庭園にて

　ハンク・レイトマンと私の父との奇妙な交友を思い出すたびに、私は自分がまるで不幸の塊であるかのような気持になる。レイトマンの言葉を借りれば、取るに足らない彼らの「小さな不幸」が、私の平凡な毎日の生活のなかでふと理不尽に拡大され、一瞬、私自身がその虚妄の大きな影にすっぽりと包み込まれてしまうのである。すると、それからしばらくは、自分がいるべきではない場所で、どこにも属さず、誰にも知られないまま朽ち果てるしかないのだという不安な確信から、どうしても回復することができなくなる。そんなとき、私はあらゆる意志と行動とを奪われていて、一方では、ここ以外に自分の生きる場所はないことをはっきりと意識しているのに、我にもあらず、私は抗い難い違和感と敗北感に身をゆだねてしまう。いわば子供が戯れに池に投げ棄てた壊れかけたプラスティックの人形のように、私の体は水でいっぱいになりながら、かといって水に溶けこむこともできず、浮き上ることも沈むこともならないまま、ひたすらただよっているしかない。

　こうした一瞬に私がしばしば襲われるようになったのは、半年前に留学生生活を切り上げ、故国に帰って来て以来のような気がする。もしかすると、それはただ北アメリカ南西部の広い澄みきった大空に慣れた私の五感が、五年ぶりに湿った日本の大気に触れて、しばしとまどっているだけなのかも知れない。それとも太平洋を挟んだ両岸の生活には、アメリカにいる間は気づかなかった何か目に見えない落差のようなものがあって、それがレイトマンと父とをよりしばしば思い出させるだけでなく、彼らの小さな個人的不幸を、不必要に増幅して見せるのだろうか。

私はO市の清潔な食料品店《グロサリイ・ストア》の色とりどりの商品の山や、粉石鹸と乾燥機《ドライアー》の熱気が入り混った自動洗濯屋《ウオッシュテリア》の薬品のような甘酸っぱい匂いを、そこで過した私の生活のひとこまひとこまとともに、殆んど郷愁の念に似た、切ない懐かしさで思い出す。

O州立大学のキャンパスは、市のダウン・タウンに近い高台に位していて、そのほぼ中心には、中央図書館《メイン・ライブラリイ》が三十七階建ての白亜の塔の偉容を誇っている。いつもうす暗い塔の内部は書庫になっているが、各階の窓辺にはキャレルと称する小机が一列に並べてあって、ひとりひとりの大学院生に割り当てられている。十三階にあった自分のキャレルで、私は五年間の殆んど三分の一以上の時間を過したのではないだろうか。毎週の厖大なリーディング・アサインメントをどうにか消化するために、机にかじりついていると、貸し出し《チェック・アウト》の請求のあった書物を探して歩き廻る図書館員の足音や、どこかのキャレルで何事か語り合っている他の学生たちのささやき声などが、異様に高く響くように思われ、私は軽い苛立ちを押えることができなかったりしたものだ。

気分を鎮めようとして外へ目をやると、窓辺ではいつも小鳥たちが無邪気に戯れていた。眼下には、三万人の学生を収容する各学部《デイパートメント》の建物や寄宿舎《ドーミトリイ》が散らばり、さまざまな色彩ゆたかな服を着た学生たちが、三々五々歩き廻っている。正面広場の南東の一角に位置する古い煉瓦造りの建物はギャリソン・ホールと呼ばれ、その二階の一室には、外交史のソーンダース教授の巨大な机と並んで、私が三年間彼の助手《アシスタント》として働いた小机が置かれてあった。

そして、美しいキャンパスのはるか向こうには、深い緑に包まれて、O市の全貌が拡がっている。大学からほど遠くない州議事堂《キャピトル》のドームを挟んで、南北に走るコングレス・アヴェニューに沿っているのが、ダウン・タウンである。私の窓から、その東側の黒人街と南側のメキシコ人街の貧しい家並みとともに、西側の高級住宅地の一部と、市の周辺に急速に建設されつつある白人居住区が望見できる。もし窓から少し西側へ顔をつき出せば、私のアパートがあったウエスト二十二番の通りや、さらにその少し北側の、メディカル・タワーと呼ばれる瀟灑なビルのたたずまいを見ることができる。青色の遮光ガラスをふんだんに使ったそのビルには、私のかかりつけの医師の診察室《オフィス》があって、私は華氏九十八・六度以上の熱を出すたびに、あわただしくそこへ車を走らせたものだ。そして、はるか東側には、緑の芝生が美しい市立空港《ミューニシパル・エアポート》があり、空港とダウン・タウンの中間あたりを、コングレス・アヴェニューと平行して、O市唯一のフリー・ウェイが南北に縦貫している。それは同時に、合衆国を貫く州間自動車専用道路《インター・ステイト・ハイウエイ》でもあって、自動車以外にこれといった陸上交通の手段を持たないO市を陸路訪れる者は、誰しも必ず通らなければならない道なのである。

大きな樹木と緑の芝生のあいだに、まるで白塗りの玩具の町のように、いかにも整然と立ち並んでいるO市の家並みは、人口二十万の中都市とはとうてい思えないほど、のどかな雰囲気をただよわせていて、たしかに人を魅了してやまない一種の静謐さに満ちていた。もちろん、ダウン・タウンに近い議事堂では絶えず政治上のかけ引きが行なわれていたし、黒人を差別するイタリヤ料理店やガソリン・スタンドの前で、ときどき座りこんだ若者たちを検挙する警官隊が出動したりしていたという点では、O市も激しく動きつつある合衆国の一部には違いなかった。しかし、大都会でかしましい環境汚染騒ぎも、底なしに澄みきった青空の下では、まだ実感をもって受け止めるのはむずかしい。学生たちの反戦デモですら、この町では何やらなごやかな野外パーティのようで、木立の間にしつらえたスピーカーから轟き渡る正義の叫びも、まばらな拍手の中に空しく消えて行くしかないように思われた。

「タムラ・ジャパニーズ・ガーデン」の完成も間近だと聞いたのは、新学期の登録《レジストレイション》の最中だったから、九月はじめのことだったろうか。九月といってもまだ真夏と変らない強烈な太陽と、声高に喋り合う学生たちの熱気とが入り混って、体育館《ジムネイジアム》は文字通りむせ返るような暑さだった。学部ごとに一列に並べられた机の前に行列を作って、彼らは忍耐強く自分の番が来るのを待ち、そうしてようやく各自その学期に取りたい科目《コース》の登録をすませるのである。多くの学部学生《アンダーグラデュエイツ》は、少なくとも二つ以上の学部の課目を取らざるを得ないから、登録カードを提出して、名前を目指すクラスの名簿に書き加えてもらうというだけの目的で、暑いさなかを何度も繰り返し行列に並び直さなくてはならない。

絶え間なく押し寄せる学生たちの波を次々とさばいて、彼らがさし出すカードを手際よく整理するのは、駆り出された私たち助手の役目だった。助手たちは朝早くから続くこの単純な作業に、たちまち嫌気がさしてしまう。おまけに、助手といっても、たいていは大学院生の身分でもあるので、他の学部のセミナーに出席する必要がある時は、比較的手のすいた頃を見はからって、自分も行列に並ぶ側に廻るという一人二役を演じなくてはならず、その気苦労も馬鹿にならない。

しかし、何よりも私たちを滅入らせたのは、体育館の激しい熱気だった。南西部の厳しい夏にもかかわらず、なぜかこの建物にだけは、冷房装置が取り付けられていなかったのだ。互いに要領よく立ち廻って、ときどき涼を取りに出ないと、着ているものはおろか、髪の毛や手の爪の先端まで、全身これ汗にまみれてしまうのである。

その日私が何度目かに涼みに出たのは、午後ももっとも暑い盛りの頃だった。湿気の少ないこの地方では、ふつう直射日光を避けて木蔭に入ると、たちまち汗が引いて行くのだが、朝から人いきれのなかで蒸れ切った私の身体は、もはやまったくいうことをきかなくなってしまったように思われた。体育館の外にまであふれ出た学生たちの列を横目に見ながら、私は隣の政治学部《ガヴアメント》の建物へ避難することにした。私もかつてそこで授業を受けたことがあり、地下室に学生用の休憩室があることを知っていたのだ。

両開きの扉を押して入ると、なかは人工の冷気に満ちていたが、人影はまばらだった。私は休憩室の自動販売機でドクター・ペパーを買い、片隅のソファに腰を下ろして一口飲んでから、ようやく人心地ついたような気がした。

「ヤスシ」と私の名が呼ばれて見上げると、コカ・コラの瓶を手にしたジーナ・ホイットンだった。

「気の毒に、あなたまで駆り出されるなんて、ほんとうにひどいわ。アメリカ広しといえども、あたしたちほど汗びっしょりの人間は一人もいないでしょうね」と彼女はいった。

「僕はいま口をきく気力もないんだ。アメリカ合衆国という文明国では、留学生ばかりか、君みたいな美人にまで、奴隷労働を強制するのかねえ。さっそく日本の新聞に投書する必要がある」と私はいった。

「どうぞ、お好きなように投書したらいいわ。日本はあたしの関心《ビジネス》じゃないって、いつもいっているのに、まだわからないの。それはそうと、あなた、外国人のくせにコカ・コラを飲まないなんて生意気よ」

今度は私がジーナをやりこめる番だった。彼女はみずから平均的アメリカ人をもって自負して見せる趣味があり、私がコカ・コラよりドクター・ペパーを好むのは、彼女の母国に対する反逆であるというのが、彼女が好んで口にする冗談だったのである。

「愚かなアメリカ人よ、その過ぎたる愛国心が、君の祖国を世界中の嫌われ者にしているんだぞ」と私は答えることにしていた。

ジーナは人目もはばからず、小娘のように身体を折って笑った。私たちは知り合ってもう数年になっていたから、彼女はそれ以上言葉をつづける必要がなかったのだ。ジーナの挨拶代りの軽口が、反語的に彼女の本心を語っていることを、私はすでによく理解していた。

彼女によれば、コカ・コラを好むのは愛国心とは何の関係もなく、たまたまアメリカに生れ、恐らくそこで一生を暮らすことになるジーナが、この国でもっとも広く好まれている飲料を愛好するのは、ごく自然な現象にすぎない。つまり、コカ・コラはたぶん多くのアメリカ人の体質に合っているのだろうし、それに何よりも彼女自身、現在のアメリカでは、コカ・コラがいちばん美味であると感じているのだ。たとえコカ・コラを好まないアメリカがあっても、それは彼女の「関心《ビジネス》」ではないし、彼女にとっては、どちらがよりアメリカ的かなどという議論はおよそ意味をなさない。要は、気の合った同士が仲良く暮らして行くことだが、コカ・コラを好むアメリカ人同士だって、実は互いに理解し合っているわけではない。だが、幸いなことに、合衆国というのは、コカ・コラを好む者と好まない者とが、歴史的に並存して来られた場所ということになっているのだから、生半可な同一性や愛国心を求めもせず、強制もしないのが、むしろ平均的アメリカ人の美徳なのだ、とジーナはいうのである。

私たちはしばらく軽口をたたき合った。政治学部の冷房はよくきいていて、私たちがそれぞれの飲み物の瓶を空らにする頃には、熱気のために異常な赤味を帯びていたジーナの顔色もすっかりおさまり、尖った鼻の先端に散ったいくつかのそばかすが、かえって彼女の白い額を引き立たせているように思われた。彼女の瞳は澄みきった深い湖の色をたたえていて、こうして暑さしのぎの冗談を交している時ですら、白熱した政治論でも闘わせているかのように、ときどき華やかにきらめくのが私は好きだった。

やがて、体育館の単純労働に戻ろうとして、どちらからともなく立ち上ったとき、ジーナはいった。

「日本はあたしの関心《ビジネス》じゃないけど、あなたは日本庭園に興味があるでしょう。そろそろ完成するようよ。B・F・から聞いたんだけど、O市もいよいよ国際都市になるというわけね」

B・F・というのは、親からもらった名前が気に入らなくて、頭文字で呼ばれることを好んでいる変り者の男で、生化学か何かで学位を取ろうとしているジーナのかつての男友達《ボーイ・フレンド》だった。いつもうす汚れたヒッピー・スタイルのこの男は、かつてMPとして日本に駐留したことがあり、日本文化に憧れていると称していた。

「B・F・から聞いたのなら、間違いないだろう。日本は彼の関心《ビジネス》だからね」と私はいった。

「B・F・はどうでもいいけど」とジーナは私の皮肉を軽く受け流した。「あたしはむしろ、庭そのものより、タムラという農夫《ファーマー》に関心があるわ。彼が日系だからというのではなくて、六十過ぎた老人が、自分の過去をひとりでこつこつ庭に刻んでいる姿なんて、想像するだけで素敵じゃないの」

その点は私もまったく同感だった。私はまだ田村氏に会ったことはなかったが、彼はO市に住む唯一の日系一世で、彼を幸福にしてくれたアメリカに報いるために、独力で日本庭園を築き上げてO市に寄附しようと、老後の毎日を無料奉仕に精出しているという話を、私はかねてから聞き及んでいたのだ。

「もしB・F・が見物に行くなら、僕もいっしょに行ってもいい。タムラに会えるかも知れないよ」と私はいった。

「あたしもいっしょに行ってみたいわ。授業が始まるとお互い忙しくなるし、善は急げというじゃないの。よかったら、今日行ってみましょうよ。奴隷労働から解放された直後に庭園に遊ぶのも、なかなか乙なものかも知れないわ」

もしかするとジーナのこの言葉を、私は最初から予期していたのかも知れない。

「B・F・はどうせ研究室で実験でもしているでしょうから、あたしが一応連絡しておくけど、水入らずも悪くないわね」と彼女はつけ加えていった。

「タムラ・ジャパニーズ・ガーデン」は、ダウン・タウンから南西に約三マイル、数多いO市の公園のなかでももっとも大きな、ジルカー・パークの一部ということになっている。その日、B・F・にはとうとう連絡がつかなかったというので、私は結局ジーナと二人で出かけることになった。大学のカフェテリアで食事をすませると、もう五時半を廻っていたが、夏時間《ライト・セイヴィング・タイム》という奇妙な制度のおかげで、この地方では八時半を過ぎないと日が暮れない。私の古いヴォルクスワーゲンは、まだ高い太陽の光をまともに受けて、ほとんどハンドルに触れることができないほど熱しきっていた。

キャンパスの辺りからジルカー・パークへは、いくつかの行き方があるが、私はいつもそのもっとも西寄りの道を好んだ。大学からウエスト二十四番通りのだらだら坂を下り切ったところで左に折れ、ブル・クリークと呼ばれる小川に沿って、ラマー・ブールヴァールを南へ向うのである。昔ながらの大邸宅が生い繁った巨木の間に見えかくれするあたりを過ぎると、やがて、黄色や橙色をふんだんに使った大きな看板の下に、農具店や自動車販売店が立ち並び、街角で黒人たちがたむろしてバスを待っているのが見える。

その先は土地のひとびとが市の湖《シティ・レイク》と呼んでいるコロラド川の一部であるが、ダウン・タウンの高層建築を左に見ながらその橋を渡り、ま新しい市立講堂《ミューニシパル・オーディトリアム》の広大な駐車場の裾を過ぎたところを右へ折れると、ところどころにトレーラー住宅地《キャンプ》を散見する丘陵地帯にさしかかる。そして、さらに五分あまり車を走らせ、突然丘陵が切れて、広々とした空間が拡がったところが、ジルカー・パークである。

日本庭園は、パークの奥まった端にある小さな丘の、裏側の斜面を利用して作られていた。丘の頂上に建てられた集会所《ミーティング・ハウス》の陰に隠れるようにして、庭園に通ずる小径があった。赤茶けた石ころだらけの小径を危げない足どりでたどって行くジーナの後ろ姿に、その時あらためて他のアメリカ娘と異るものを感じたのは、たぶん私の錯覚だったのだろう。五フィート三インチ足らずの小柄な背丈は別として、流行の長い亜麻色の髪を無造作に風になびかせながら、ハッシュ・パピイの足先を軽ろやかに進めて行く様子は、彼女の日ごろの口癖通り、先ず平均的な二十代のアメリカの娘としか見えなかった。しかし、彼女は私が知っていたふつうのアメリカ人たちとは、確かに違ってい て、彼らのように、私の前でことさら不自然に寡黙な態度を取ることもなく、或いは恐らく善意の社交性から、あらゆる外国的なものについて浅薄な賛辞と質問を繰り返して、私を当惑させるようなこともなかった。常に朗らかな外見にもかかわらず、ジーナにはどこか厳しく己れの分を守るようなところがあり、それが彼女の性格の奥底にひそむ本来のつつましさのように思われて、私にはこころよかった。

しばらく小径を下って行くと、最初に小さく折れ曲ったところで、径は二つに岐れていた。枝ぶりのさえない松の木が二、三本植えられているところを見ると、そのあたりから、どうやら日本庭園が始まっているらしかった。右の径は中途から自然石を使った石段になっていたが、その両側にぎっしりと生えている灌木の枯れかけた葉は、O市周辺の到るところで見受けられるものだったので、私は少し失望した。

私たちが石段を降りかけたとき、私は下から登って来る人影に気づいた。汚れた労働着に身を包み、背を丸めて、いかにも疲れ果てたような歩調で歩むその姿は、間違いなく若い留学生の青柳だった。私とはただの顔見知りにすぎなかったが、彼は横浜の高校を卒業して、直ぐにO市へやって来たという話だったから、まだ二十歳前後の若者のはずであった。

地面に眼を落したまま、青柳は足を引きずるようにして石段を上って来ると、まったく私たちに気づかなかったかのような素振りで、黙って通り過ぎて行こうとした。

「田村さんのお手伝い？」と私は声をかけてみた。

青柳は初めて眼を上げたが、決してジーナに視線を向けようとはしなかった。

「足立さんか」と彼はつまらなそうに私の名を口にした。「まあ、手伝いといえば手伝いだけど、いってみれば、強制的バイトだね、一時間七十五セントしかくれないんだから。もっとも、こっちにもあんまり手伝う気はないんだけど」

「でも、田村さん自身、勤労奉仕だそうじゃないか。君たちに払う金も、田村さんのポケット・マネーから出ているんだろう」と私はいった。

「足立さん知らなかったの」青柳はさも意外そうな口振りだった。「なんでも、実費は市から出ているって話だよ。どうせ、あの爺さんのことだから、少しぐらいぴんはねしてるんだろうけど。しかし、爺さんもまったくひどいなあ。たった一人で庭を造っているんだって、宣伝してるそうじゃないの。実は、僕みたいな日本人の人の好いのが、みんなただ働きさせられているんだからね」

立ち止って、私たちの日本語のやり取りを眺めていたジーナに、私は青柳の言葉を要約して聞かせた。

「もしそれが本当なら、B・F・の説は少し間違っていたわけね。タムラは鷹揚な芸術家はただの農夫《ファーマー》ではなくて、アイディアと名前を売りつける商人かも知れない。ますますタムラに興味が出て来たわ」とジーナはいって、それから、青柳に訊ねた。

「あなたは強制的バイトだっていったそうだけど、もしタムラに協力する気がないなら、なぜもっと有利な仕事を探さないの」

彼は依然としてジーナを無視しつづけながら、日本語で私にいった。

「だって、お互い日本人同士だもんなあ。手伝わないわけにはいかないよ。足立さんみたいなアメリカかぶれは別かも知れないけど」

私はその言葉を何とジーナに説明するべきか、一瞬とまどった。その間に青柳は立ち去りかけたが、思い出したように振り返ると、

「下に田村さんがいるけど、気をつけた方がいいよ。足立さんみたいな日本人は、お高く止って手伝わないって、爺さんいつも怒っているんだから」

五分ほど下ると、径は大きく左へ曲っていた。途中ところどころに、躑躅らしい木がまとめて植えられた斜面があり、そこここに庭石や小さな石燈籠があしらってあったりして、青柳の批判にもかかわらず、私はこのような土地へ日本の庭を移そうという田村氏の苦労が理解できるような気がした。

「あなたがアメリカかぶれとは、面白い見方もあるものね」ジーナはゆっくりと歩きながら、私を見上げていった。「なにしろあなたは、二言目には、ここの生活は仮のもので、自分の生活はほんとうは日本にしかないというひとなんだから。あたしは根っからのアメリカ人だから、アメリカでしか暮せないと思っているけど、ほんとうは、アメリカだの、日本だのという議論はどうでもいいの。あなたがアメリカかぶれなら、きっとあたしは人間かぶれなんでしょう」

「いや、君はきっと洋服《ドレス》かぶれだと思うよ」と私はいった。

初めてジーナの衣装戸棚を見せてもらったとき、六フィートばかりの大きな備え付け戸棚《ウオーク・イン・クロゼット》にぎっしりと吊るされた服の数に、私はすっかり魂消てしまったのだ。ジーナの笑い声を聞いて、私は青柳との不愉快な会話を忘れようとした。

右側は急に展望が開けて、広々としたジルカー・パークの芝生の彼方に、コロラド川に沿ったダウン・タウンの遠景が拡がった。その広大な眺めとは殆んど対照的な唐突さで、左側の狭い斜面の中腹に、田村氏の苦心の作らしい枯れ山水のごときものがあった。中央におよそ十フィートほどもある大きな石が据えられ、恐らく将来は池になる筈の手前の窪みには、非幾何学的な構図で、飛び石や丸太作りの太鼓橋などがあしらわれている。太鼓橋の対岸は一段と高くなっていて、大人がようやくくぐれるほどの高さの小さな赤い鳥居の先に、十畳間ばかりの平らな空間が作られていた。田村氏らしい小柄な東洋人が、そこで六十がらみの白人と立ち話をしていた。

短く刈り上げた白髪の下の皺だらけの丸顔にいっぱいに微笑を浮かべ、田村氏は何事か熱心に説明していた。ともすれば前こごみになりがちな肩をぐっとそらせながら、日に焼けた太い両腕をときどき拡げて身振りするさまは、見るからに長年の苦節を乗り越えて来た、精力的な一世の老人であった。

「どうやら、あなたのいわゆるジャパン・ロビイの新手が現れたようね」とジーナがさも愉快そうにいった。

田村氏と話している白人のことだった。O市には好んで日本人留学生に近づいて来るアメリカ人の一群があって、彼らはそろって日本通を自称していたから、私は多少の皮肉をこめて、つねづねジャパン・ロビイと呼びならわしていた。彼らはB・F・のようにヒッピーもどきの学生だったり、戦後日本に駐留したことのある元将校の市会議員だったりしたが、多くは何らかの日本経験を持っていて、留学生の面倒をよくみてくれたし、留学生の方からいっても、ジーナのように日本にまったく無関心なアメリカ人と親しむ機会は、それほど多くあるわけではない。しかし、えてして彼らの日本は、長い年月の間に絵空事のような美しい幻の国と化してしまっていたり、あるいは、自分たちの現実の不満を解消すべき見果てぬ夢として止っていることが多いように、私には思われたのだ。

私が田村氏に声をかけると、

「よう、ジャパニーズ・ボーイか」と彼は日本語でいったが、アメリカ流に握手の手をさしのべて来た。それはまぎれもなく、日本の農夫の、厚い掌と節くれ立った指であった。紋切り型の挨拶のあと、私がジーナを紹介すると、彼は満面に笑みを浮べて、

「あなたのような美人《フエア・レイディ》はいつでも歓迎だ」とあまり上手くない英語で、せいいっぱいの世辞をいった。そして、私を指さすと、「この日本人の男は幸運だ。あなたのような美人を手に入れたのだから。あなたのような美人を迎える以上、彼は素晴らしいアパートを持っていなくてはならない。私の庭はこの男のアパートや、彼の美人ほど素晴らしくはないだろうが、よく見てもらいたい。な

ぜなら、これは日本の庭だからだ」

そういって、彼はぶしつけな高い笑い声を立てた。田村氏が独特のしゃがれた大声で口にした「彼の美人《ヒズ・フェア・レイディ》」や「手に入れる《ゲット》」という言葉に、私はすっかり当惑した。それは、私たちが大学のキャンパスでは決して耳にすることのない類いの冗談だったからである。

「あたしが知っている日本はヤスシだけで、日本のことがわかるとも思わないんですけど、ただあたしはタムラさんとお話ししてみたくて……」とジーナはいいかけた。

田村氏はそれをさえぎると、ふたたび日本語になって、不愛想な口調で私にいった。

「話すことなんぞ何もないよ。わたしは英語が嫌いなんだ。今このひとに」と彼は小さな眼で傍らの白人の老人を見やって、「庭の説明をしたところなんだ。このひとは日本に長かったから、日本語が上手なんだよ。お嬢さんが庭のことを聞きたいなら、このひとから聞いてくれないか」

私は彼の突然の不機嫌がどうしても理解できなくて、ふたたびとまどった。

「コンニチハ、ワタシハ、ハンク・レイトマンデス」と男がなまりの強い日本語でいって、日本流の会釈をしてみせた。

私は思わずジーナと眼を見合せた。日本式のお辞儀と片言の日本語——これは、私のいわゆるジャパン・ロビイたちが必ず最初に見せる一種の道化で、それが必ずしも彼らのほんとうの関心を示すものではないというのが、今ではジーナの持論になっていたのだ。

私たちが予期した通り、レイトマンはたちまち英語になって続けた。

「わたしはタムラの英語と同じで、日本語を聞き取ることはできるが、喋るのは得意ではないんだよ。しかし、わたしはタムラと永年のつきあいだし、庭のことも聞いたばかりだから、英語でよかったら、知ってることは何でも喜んでお話ししよう」そういって、彼は小さな笑い声を立てた。

レイトマンは私たちの質問に答えて、庭園はすでに八分通り完成したこと、私たちが立っている平らな空間には、いずれ四阿《あずまや》が造られること、中央の巨石の傍らに大きな椿の木を植える計画があること、数日中に配水管が完成すれば、小さな人工の滝が下の池に注ぐはずであること、ゆくゆくは赤や白の鯉を池に放ちたいと田村氏がいっていることなどを、静かな口調で説明した。

ふつうジャパン・ロビイたちの会話には、社交家につきものの、相手かまわぬ雄弁と高笑いが伴っていたから、レイトマンの異様なほど低い声や、ときどき言葉を失ったかのようにふと黙り込んだりする話し方が、私は少し意外だった。

「タムラとわたしは、お互い今では悠々自適の身だから、ときどき行き来しているんだよ。わたしは造園のことはまったくの素人だから、ここに来たのは今日が初めてだが、タムラが英語を話したくないときには、彼に代って、市の公園課と電話で交渉したりすることもある。その代り、彼はわたしの下手な日本語をいっしょうけんめいに聞いて、直してくれるんだ。だから、そのお嬢さん《ヤング・レイディ》の南部なまりがヤスシに伝染してしまったみたいに、わたしはタムラ方言の日本語しか話せないんだよ」とレイトマンはおどけていった。

「では」とジーナは私に片目をつぶってみせて、「ヤスシの方が、あなたよりずっと優秀な生徒なのね。ことさらいっしょうけんめいに聞き耳立てなくても、あたしは彼の英語が全部わかるわ」

「いや、それはタムラの責任じゃない。わたしは彼と知り合う前に、何度も日本へ行ったことがあるんだから、わたし自身の責任だよ」

彼は田村氏と私を等分に見て、苦笑した。

「レイトマンさんも、軍隊で日本へいった組ですか」

それがジャパン・ロビイの典型のひとつなので、私はそう訊ねてみた。

「朝鮮戦争が始まる前の二年間、わたしは東京で情報将校をやっていた。しかし、あれは嫌な時代だったよ。わたしは戦前の日本を知っていたからね。そもそも、戦後東京へいったのは、わたしがもっと昔に日本で英語の教師をしていたことがあって、これでもどうにか日本通として通用していたからなんだ。英語教師というのは、日本語を使わなくてもすむから、アメリカ人からいえば、なかなか都合のいい身分でね。とうとうわたしの日本語は今でもご覧の通りだが、おかげで、わたしはずいぶんいろんな日本人に会うことができた。わたしの学生は英語の方はさっぱりだったが、いろんな連中が、さんざんわたしを引き廻してくれたものだよ」

私の儀礼的な問いに答えるレイトマンは、たいそう懐かしそうな口ぶりだった。しかし、彼の上機嫌が、私には少し滑稽だった。自分の上機嫌を誇示しようとして、黒味がかった褐色の体毛もあらわな両腕を矢車のように振り廻しても、彼の低い声と地味な語り口が、なかなかそれに伴って行かないのだ。

それから、レイトマンは何気なくつけ加えた。

「そういえば、当時、わたしはヤスシと同じ姓を持った日本人を知っていたよ。わたしがA学院の専門学校《カレッジ》で教えていたころの友人だが……」

「A学院ですって」私は聞きとがめて、思わず大声を出した。「僕の父も、生前A学院で教えていたんですけど……」

私にとって、それは嬉しい驚きだった。たとえ彼がジャパン・ロビイの一人だったとしても、そして、父が私にとってもはや遠い存在であったとしても、外国で自分の父親の古い知己にめぐり合うのは、決して不愉快な経験とはいえない。きっとレイトマンも両腕を大きく拡げて私を抱擁し、この予期せぬめぐり合いを、大仰に喜んで見せることだろう。

しかし、私の言葉を聞くと、その時レイトマンはなぜかありありと驚愕の色を面に出して、口ごもった。

「わたしは一九二八年からの三年間と、大戦直前の一年間、A学院で教えたんだが……」

私が頷いてみせると、

「では、君はキヨシの息子さんなのか」

レイトマンは私の父の名をつぶやいて、まじまじと私を見つめた。

今度は私が驚愕する番だった。レイトマンの顔が一瞬朱に染まり、その両眼に、苦痛にも似た色がちらとよぎるのを、私は確かに眼にしたような気がしたのだ。

「ほんとうに世界は狭いものね。あたしは人生の偉大なる瞬間の目撃者になったんだわ」とジーナは、一人で幸福そうな笑い声を立てた。

「人間かぶれ」の彼女は、このような国境を越えた不思議な邂逅に想像力を暖かくくすぐられ、恐らくレイトマンの、あの一瞬の表情を見落したのであろう。

突然、田村氏が例のしゃがれた大声の日本語で叫ぶように喋り始めて、私の驚愕に火を注いだのは、その時だった。

「おい、わたしは帰るよ。わたしは帰るが、このことだけは、この連中によくいい聞かせてもらいたい。いや、ほんとうは、あんたにいいたいんだ。いいかね、あんなだだっ広い芝生だけが公園じゃないんだ。このわたしの汗の結晶は、あんなもんと違うんだ。正真正銘の日本の庭なんだ。一家に主人があるように、日本には天皇陛下という方がいらっしゃる。残念ながら、この頃天皇陛下は象徴というものになられたそうだ。しかし、この庭は、O市の日本人全部の象徴なんだよ。だから、これは、天皇陛下みたいなものなんだ。いいかね、わたしはO市に日本人の天皇陛下を造って、アメリカ人どもに見せてやるんだ」

それは確かに、突如として堰を切って落された、激情の声だった。私たちは彼の激情に呑まれて、言葉を失った。

国籍を持っている以上、田村さんだってアメリカ人ではないか、と私は我に返っていいかけたが、なぜか私の掌に、彼の厚い手の感触が甦って私を黙らせた。私は反射的にレイトマンを見た。田村氏の永年の友であり、日本語を解する彼が、田村氏の今の言葉をどのように受け止めたか、私は強烈な興味にかられたのだ。

しかし、いつの間にか、庭石のひとつに腰を下ろした彼の顔は、はるかに眺望するO市のダウン・タウンのあたりに向けられていて、その横顔からは、何の表情も読み取ることはできなかった。

ジーナは田村氏の激しい口調に怯えたように、私の腕に手をかけて、沈黙していた。

「わたしは帰るよ。三ヶ月したら、日本の総領事を招んで、ここの開園式をやる筈だから、あんたも日本人として協力してくれるように」と田村氏は私にいった。

彼が立ち去ると、私は急に疲れを感じて、土の上に腰を下ろした。先ほどのレイトマンの表情といい、田村氏の突然の激情といい、そのとき、私にはあまりにも不可解なものが多すぎたのだ。

唐突な事の成り行きに、私たちはしばらく呆然として言葉を忘れていた。レイトマンの大きな鼻と禿げた頭に僅かに残っているいかにも硬そうな褐色の髪とが、痩せた長身にまとった派手な花模様のシャツと、なぜこんなによく釣り合って見えるのか、と私は何の脈絡もなく考えた。

やがて、その場を救ったのはジーナだった。

「レイトマンさんは、この庭をお好きですか」と彼女はいった。

常に才気にあふれ、いつもひねりのきいた会話を好むジーナとしては、それはあまりに凡庸な質問で、かえって田村氏の態度が与えた彼女の心理的動揺をよく示しているように思われた。しかし、彼女の言葉で、私は彼がふつうのジャパン・ロビイたちとははっきり違っていることに、確信が持てたような気がした。彼らならあらゆる日本的なものに、いつも大仰な賛辞を惜しまず、ことごとに自分の個人的感慨を吐露することに性急なのに、レイトマンはタムラ・ジャパニーズ・ガーデンについてまだ何の意見も口にしていないことに、私はあらためて気づいたのだ。

さしもの南西部の強い陽光も、徐々に薄れ始め、長く伸びた灌木の影が地面を這いながら、庭園を覆いかけていた。ジルカー・パークの広い芝生では、誰かが無線操縦の模型飛行機を飛ばせているらしく、乾いた空気を切る小さなプロペラの金属音が、風に乗って微かに伝って来た。

レイトマンの視線はまだ遠くへ向けられたままだったが、私は何となない安堵を感じた。さきほどの冷たい無表情のかわりに、彼の頬のあたりに老人特有の疲れた優しさの色が浮ぶのを、私ははっきりと目にしたのだ。ジーナの問いに答えて、彼があのもの静かな口調で、日本の庭のこと、樹々のこと、花々のことを語り出せば、その場の鉛の沈黙は一瞬のうちに溶け去り、私たちはふたたび南西部の軽ろやかな夕暮れのなかに解放されるはずであった。

しかし、レイトマンの口から、低く、殆んど一人言のように語り出されたのは、私がまったく予期しない言葉だった。

「一九〇五年五月十八日S県に生れる。同郷の素封家から学資の援助を受け、一九二五年A学院を卒業。一九二七年東部P大学に留学、二年後英文学《イングリッシュ》の修士《マスター》号を得て帰国、母校A学院の講師になる。素封家の娘と結婚、三子をもうけ、かずかずの詩やアメリカ小説の翻訳などを発表するも、一九四三年二月十七日、東京のS川で変死体となって発見される。当時まだ少なかった自動車事故の、まれな犠牲者の一人であったと信じられている……つまり、最後の瞬間を除けば、ずいぶん平和で幸せな生涯だった筈なんだよ」

それが私に語りかけていることを、私はようやく理解した。彼がたった今語り終えたのは、幼いころからしばしば母に聞かされて来た、私の父の短い生涯だったのである。

父が死んだときまだ四歳に満たなかった私には、父の記憶はまったくないが、私は母の口を通じて、父の生前の仕事や親しい交友関係についてはかなり詳しく知っていたから、これまでまったく未知の人だったレイトマンが、父の生涯の詳細な日附けまで記憶していることを、私はたいそう不思議に思うばかりだった。レイトマンの言葉の異常さを私がほんとうに理解するには、まるでひたすら自分に語りかける独白であるかのように、僅かにつぶやき出された彼の口調の何気なさにも増して、そのとき私が聞き入っていたO市が、あまりに静謐にすぎたのであろう。

ジーナはこうした場合にいつも見せるさかしさで、敏感に私のこころの動きを捉えたようだった。

「レイトマンさんは、そんなにヤスシのお父さんとお親しかったの。それにしては、ヤスシが今まであなたを存じあげなかったのが、ほんとうに不思議だわ」と彼女はいった。

レイトマンは、静かな微笑が浮んだ顔をジーナに向けた。

「キヨシとわたしの関係をお話しするには、先ずあなたのさっきの質問にお答えしなくてはならないと思う」と彼はいった。

「わたしがこのタムラの庭園を好きかどうかということだが、はっきりいえば、わたしはどうしても好きになれない。タムラはO市の日本人の象徴だといったが、これは彼の不幸の象徴だよ。なるほど、日本の木を持って来て植えることはできる。しかし、庭石の色を見てごらん。日本では露に濡れて美しい灰色を緑の樹々の間に沈めている庭石も、ここでは醜く赤茶けて、干涸びてしまう。いちめん乾き切って赤茶けた石で覆われた日本庭園なんて、見たことがあるかね。

「この庭はタムラの生きがいだし、彼が文字通り欲得を抜きにして打ち込んでいるのも嘘ではない。彼は日本の血を引く者なら誰でもこれを誇りにしなければならないと思いこみ、ヤスシのような生粋の日本人が、ここで白人の娘と英語で話し合うことさえ、タムラには癪の種なんだ。しかし、ほんとうは、ここの庭石の色の異常さに気づかないほど、タムラ自身アメリカの人間になってしまっているんだよ。

「もちろん、タムラ自身はそれに気づいてはいないし、日系に加えられたさまざまな迫害を乗り越えて功成り名とげた今のタムラにとっては、ジーナとヤスシに腹を立てるなんてことは、ごく小さな不幸だろう。だが、わたしにいわせれば、その小さな不幸が、ヤスシのお父さんを殺したんだよ」

私は噎《む》せた。

レイトマンの派手な花模様のシャツの下から、彼の体臭が異様に強く匂って来るような気がして、いつの間にか、ジーナは私に寄りそって、じっとレイトマンを見つめていた。その時、たぶん私は、自分のなかですでに死に絶えた父の記憶をたどろうとしていたのではない。私にとって、父はあまりにも長いあいだ、ただ母の幸せを支えるにすぎないひとつの失われた幻だった。これはレイトマンの独白なのだ、と私は自分にいいきかせた。しかし、まるでもつれた糸のように、躊いがちに次々とつぶやき出されるこの独白は、いったいなぜかくも激しく私に働きかけるのか。

「キヨシとわたしの関係は、たぶん君たちが想像しているほど近いものではなかった」とレイトマンは言葉をつづけた。「少なくとも一九二八年からの三年間は、わたしたちはたぶんただの同僚の教師以上の関係ではなかったのだろう。もちろん、そのころ彼はまだアメリカから帰ったばかりで、流暢な英語を話せる当時数少ない日本人の一人だったから、あのうす暗い校舎の廊下で顔を合わせる度に、わたしたちは長い立ち話をしたものだ。彼はよくアメリカと較べると、日本の社会生活がいかに貧しいかについて語り、あの国の非能率的な人間関係のなかで、せっかくの彼の斬新な知識が黙殺されてしまうことの不幸を嘆いてみせた。僅か数年のアメリカ生活で、すっかりその毒に当てられてしまい、自分の国がひどく居心地悪くなってしまったと照れくさそうにいうのが、あの頃のキヨシの口癖だったよ。

「しかし、当のアメリカ人だって、当時は例の大恐慌でひどい目にあっている最中だったから、わたしは正直いって、キヨシのいう彼の不幸に同情する気にはなれなかった。それに、ほんとうは、わたし自身、あの頃は日本にいながら、日本のことなんかまったく眼中になかったんだ。

「わたしの名前を聞いて、君たちにもわかっただろうが、わたしはユダヤ人だから、二十年代のアメリカ人がユダヤ人に与えた仕打ちが我慢ならずに、わたしは当時日本へ逃げて行っただけだったんだよ。だから、今でもタムラが故郷の栄光と彼自身の野心とをどうしても切り離して考えることができないように、あのころのわたしの頭は、いつも母国アメリカのことでいっぱいだったんだ」

レイトマンは言葉少なに、彼が若かった頃のアメリカで、ユダヤ人であったことの意味について語った。ドイツ系のユダヤ人である彼の祖先は、十九世紀半ばに移民して来て以来、着々とアメリカ社会に地位を築いた。そのころのアメリカでは、まるで魔法使いのように不気味な神秘的力を具えた人種として、いわば伝説的なユダヤ人像が巷間に伝えられていただけで、日々の生活で差別されることはほとんどなかったのだった。ふつう彼らはただのドイツ系移民として扱われ、レイトマンの父親が弁護士として成功した頃には、彼の家族は完全にアングロ・サクソンのアメリカに同化していたという。

しかし、彼らの不幸は、世紀が変って、貧しい東ヨーロッパのユダヤ人が大量に流入して来たときに始まった。それまで合衆国ではまったく異質のものだった習慣と言語を持ち込んで来たのである。東欧系の彼らは、レイトマンが生れたばかりの頃だったが、彼の家族をはじめ、ドイツ系のユダヤ人たちは、すでに事実アメリカの一部になりきっていたにもかかわらず、ふたたびユダヤ人として、東欧系の同胞と同一視されるようになった——レイトマンの言葉を借りれば、歴史の力のいたずらで、レイトマン家は、アメリカ人からふたたびユダヤ人に返ることを強制されたのだというのである。彼が大学を出た二十年代のアメリカは、こうしてユダヤ人学生の入学が制限されるなど、もっとも偏見が熾烈を極めた時代だったのだ、とレイトマンはいった。

「キヨシとわたしのほんとうの関係は、お互い自分たちのこころに、『タムラ・ジャパニーズ・ガーデン』を持っていないことを知ったときに始まったんだとわたしは考えている」レイトマンは静かに語りつづけた。「わたしの考えでは、わたしたちがお互いをほんとうに意識し合うようになったのは、わたしが二回目の日本滞在を切り上げて帰国し、ふたたび相まみえる機会が失くなってしまってからのような気がする」

ひとつひとつの言葉を探りながら低く語りつづけるレイトマンの声は、あの田村氏の激情の叫びとはあまりに違っていた。これほど無器用な雄弁を、私はかつて耳にしたことがなかった。しかし、ジーナの凡庸な問いと、そして、たぶん私自身の存在とが、長いあいだ彼のなかにひそかに堆積した何かを、その時、恐らく彼自身に反して、こうして激しく吐き出させているのだということを、私ははっきりと理解していたような気がする。

「一九四一年の一月、九年ぶりにふたたび日本を訪れたとき、キヨシもわたしもすっかり変ってしまっていた。キヨシは日本の学者生活がすっかり板についていたばかりか、ときには無格好なカーキ色のファシストのユニフォームを着てみたりして、けっこう幸せそうだったよ。一方、その頃までには、わたしもけっこう幸福なアメリカ人になっていた。ヨーロッパで派手なユダヤ人迫害が始まってからというもの、たぶん憐れな我々の人種に同情が集ったせいで、アメリカではみるみるユダヤ人の株が上ったんだよ。ひと昔前なら信じられないことだが、二度目に日本を訪れたとき、実は、このユダヤ人のわたしが、アメリカ政府の課報機関から給料をもらっていたんだ。わたしを傭ったのは、ＭＩＳという陸軍系の機関だったが、そんなことはどうでもいい。きっと誰かが、偶然にわたしの過去の経験と若干の日本語の能力を知って、ふたたびＡ学院から口がかかったわたしに、眼をつけただけだったのだろう。

「キヨシの『アメリカの毒』も、わたしがユダヤ人であることも、もはやわたしたちにとっては、ごく小さな、取るに足らない不幸でしかないはずだった。つまり、キヨシもわたしも、それぞれの環境のなかで、この日本庭園の醜い庭石のように、赤茶けた色あいに染っていたんだよ」

殆んど私にもたれかかるようにして、地面に足を投げ出しているジーナの体重が、私に直かに伝わって来た。

レイトマンがたった今明かして見せた彼の職業と、彼のもの静かな語り口とがあまりにそぐわないように思われ、私はひたすらその謎を知りたかった。しかし、もし彼がほんとうに波瀾万丈の生涯を送って来たのなら、それを夕暮れた空の下の微かなつぶやきと化してしまうものは、このＯ市の不思議な静謐の魔力以外にあり得たであろうか。

「スパイといっても、わたしは映画の主人公のように、勇ましい軍事機密につながっていたわけではない」とレイトマンは言葉をつづけた。「ＭＩＳの無能な傭い人の一人だったという以外は、わたしはきわめて幸せな平均的アメリカ人になっていたんだ。わたしの役目は、万一日米が開戦して、あらゆる合衆国の公館が閉鎖された後に、日本のごくふつうの庶民の日常生活について、こまごました情報を送ってくれる日本人を探すことだった。できれば本人たちの安全のために、相当の地位を持っているひとたちが望ましかったが、その点を除けば、あたりまえの日本のインテリなら誰でもできるような仕事だったのさ。

「そして、キヨシもわたしがこうして張った網にかかった一人だった。彼がいつの間にか日本の幸せな庭石になってしまっていたことは、さっきお話しした通りだが、キヨシがかつて彼のいわゆる『アメリカの毒』に当てられたことのある男だということを、わたしは忘れてはいなかったというわけだ」

それは、私にとって、あらゆる意味で奇怪な告白だった。レイトマンの言葉は、父がかつて祖国を裏切った男であったことを明らかに示唆していたが、私はその物語りに、日頃から父の祖国に何の関心もないと公言している白人の女性と、固く手を握り合ったまま、身じろぎもせずにじっと聞きほれていられる自分自身に、先ず驚いた。レイトマンが発《あば》きつつある「彼のキヨシ」は、私の母の胸の奥に今でもそのまま匿われている平凡で幸せな父の像と、あまりにそぐわないように思われたので、たぶんその時私は、それが自分とは何の関係もないひとりの過去の男の挿話にすぎないかのような錯覚に陥っていたのであろう。

「キヨシの場合もそうだったが、これと思う人物に眼をつけたとき、わたしのやり方は決して説得しないということだった」

レイトマンは、父が如何にして彼の「網にかかった」かについて語った。

彼自身不幸なユダヤ人であることを止め、幸福なアメリカ人の諜報部員としてふたたび日本に立ち帰ったとき、レイトマンは父のなかの『アメリカの毒』が決して一時の浅薄な感慨ではなかったことに気づいたというのである。

「わたしはMISの平凡な傭い人で、幸せなアメリカ人になっていた。かつて生れ故郷を逃げ出したユダヤ人だったということは、当時のわたしにとっては、ごく小さな不幸にすぎなかった。だから――『しかし』ではなく、『だから』とわたしは敢えていいたいのだが――だから、かえってわたしは、その小さな不幸の正体を、よりよく知るようになっていたんだ。自分自身の生れ故郷で、この土壌にしっかり根を下ろしたときになって、結局は自分が異質の種だったことを認識するほど執拗な記憶はない。すでに完全に生れ故郷の一部になり切っているとすれば、今度それを否定することは、自分自身を拒否することだからね。

「その執拗さと来たら、ちょうどこの日本庭園の灌木のようなものだ。タムラの第一の敵は、白人でもヤスシのような日本人でもなく、緑の苔に代って生い茂る灌木の無数の小さな種だということを、彼もそのうち気づくだろう。わたしはMISの職員の一人として、キヨシのそんな記憶に働きかけただけだったんだよ。

「わたしがキヨシにしたのは、たいそう簡単なことだった。九年前よりもいっそううす暗くなった校舎の廊下で、顔を合わせるたびに長い立ち話をして、ある時、何気なくある連絡員の第三国人を彼に紹介しただけなんだ。古い友人に戦時下の自分の暮しぶりを伝えるのは、決して大それた反逆行為ではないと、わたしはキヨシにいったし、わたし自身もまたそう信じていた。

「真珠湾のニュースを聞いたのは、わたしがワシントンに帰任して二十日足らずのことだった。戦争のあいだ、わたしはそこで、キヨシのようなひとたちから、多くは朝鮮半島経由で、ひそかに送られて来る手紙の分析にあたっていた。彼らのおかげで、ワシントンのわたしたちが、戦争中、東京の外食券食堂や国民酒場のメニューまで知りつくしていたことは、君たちも聞いているだろう。「キヨシの手紙は、次第に苦渋の色を濃くして行った。ある時、彼は隣組の防空演習の情景を詳しく描写した後で、子供たちのためにどこかでようやく手に入れた三枚のアメリカ製チョコレートが、彼の二つの故郷の間で揺れ動く忠誠心を象徴していると書いて来たことを、わたしは今でもはっきり覚えている。しかし、彼はそのころ、勇ましい戦争の詩を発表したり、S区の大政翼賛会の役員になったりしていたんだよ。つまり、キヨシの中の『アメリカの毒』は、そうとうにしぶとくて堅い種を持っていて、彼の生活が肥え太れば太るほど、全身にその毒性が拡がるだろうというわたしのカンは、みごとに当っていたわけだ」

「レイトマンさん」長い沈黙を破って、その時ジーナがいった。

私のなかで、あまたの問いが胸いっぱいに拡がり、出口を求めてあがいていた。日が陰るにつれて急に冷え始めた土の上に長いあいだ座っていたにしては、彼女の掌がじっとりと汗ばんでいることを、私は混乱した頭の隅で意識していた。しかし、日頃のジーナに似合わず、その時彼女の声が深い悲しみの響きを帯びていたことは、たぶん私の錯覚ではなかったような気がする。

「ずいぶんいけない想像ですけど、あたしは、ヤスシのお父さんが亡くなったのが、あなたの秘密の仕事のせいだったような気がしてならないの。ほんとうに、あなたのキヨシは、自動車にはねられたのかしら……」

レイトマンは答えなかった。

それは、ほとんど永遠の静寂のように思われた。

知らぬ間に日はとっぷりと暮れ、濃い闇に包まれかけた日本庭園のはるか彼方に、O市のダウン・タウンの高層建築が、いちめんに華やかな電光を輝かせていた。しかし、昼の間はその豊かな緑に、ひとびとの健康な生活を深く抱いているこのO市は、また同時に、かつては「大《グレイト》アメリカン沙漠《デザート》」と呼ばれた地域のオアシスのひとつでもあるので、ごくまれには、暑い一日が暮れた後、西方から突如として激しい突風が吹きつのることがある。その夜、突風は必ずO市を襲うであろうと、私は半ば確信した。突風の襲来の前に、ジーナが彼女の声の翳りをふり棄てて、今日の午下りの彼女に立ち返り、遠いO市の街灯の火を瞳の澄みきった深い湖の色にきらきらと反射させながら、小娘のように身体を折ってあの軽快な笑い声を響かせてくれることを、私は空しく願わずにはいられなかった。

レイトマンは、なぜかジーナの問いを避けて通った。

「キヨシは古い友人にときどき手紙を書いただけだったのに、あのころは、それだけで彼を憎んだひとたちがいっぱいいいたんだよ」と彼はいった。「キヨシの手紙は、いつも彼の毎日をおのずと反映していて、わたしにかつての日本時代をまざまざと思い出させた。ワシントンのオフィスで働いているあいだ、彼の秘密の手紙ほど、わたしが心待ちにしたものはない。もっとも、わたしはもはや彼に指令する立場にはなかったから、私から彼に語りかけるすべはなかった。だが、彼からの一方的な便りのおかげで、わたしはキヨシの存在を、ますますいつも身近に感ずるようになったんだよ。

「もし彼が生き永らえたら、今キヨシは日本にアメリカ庭園を造っただろうか。わたしはそうは思わない——ちょうど、わたしがユダヤ庭園を造らないようにね。旧知の友にこまごまとした日常の便りを書くことが祖国への裏切りになることとの不幸は、たぶんこのタムラの庭園の比ではないだろう。それは、わたしたちの庭園が、かつてわたしが日本へ逃げ出したようなやり方では、決して造ることができないということを意味しているんだよ。タムラはそんな屈折した悲しみに決して気づくことはないだろうが、もしわたしたちが、不幸というにはあまりに幸せで平凡な人間だというならば、彼の日本庭園は日本の象徴ではなくて、たぶんわたしたちみんなの、取るに足らない小さな不幸の象徴なんだよ」

私にはどうしてもわからなかった。いったい、父にとって、アメリカの毒とは何だったのか。もしレイトマンが正しいならば、私自身が今、この足で踏みしめている土地の記憶のために、父は家族を捨て、みずからの生命をも捨てたというのか。いったい四十年前のこの土地で、父は何を見、何を知ったのか。父の僅かなアメリカ生活がほんとうに彼の小さな不幸の種を播いたのなら、それが次第に彼を蝕んで行くあいだ、なぜ父は母の前ですら、彼の幸福の仮面をはずそうとしなかったのか。幸福と不幸の混淆が、ひとを母国の異邦人にするなどということが、ほんとうにあり得るのか。では、なぜこの国で暮したあまたの日本人が、みんな父たちの小さな不幸を頒ち持っていないのか。父の反逆と、死は、今の私にとって、いったい何なのか。

私は自分に父の記憶がないことに苛立った。父について、レイトマンについて、問わねばならないことがいっぱいあったのに、私はどうしてもそれを言葉にすることができなかった。

たぶん今夜、週末以外は求め合わないという禁戒を破って、私はジーナを私の部屋へ伴って行くだろう。私は彼女の優しさに身を投げかけて、私に失われた父の記憶をたどることを忘れるだろう。霞んでゆく思考の片隅で、私はただそれだけを繰り返し考えていた。

私は五年のあいだ、アパートからO州立大学までの十五分、朝晩歩き慣れたピーカンの巨木の並木道を忘れることができない。

数十年前までは市の高級住宅地の一部だったといわれるその辺りも、急速に発展した大学の拡張に伴って、今では若い学生たちにほとんど占領されている。しかし、そこは同時に、引退した老夫婦や大学の関係者が住む閑静な住宅地でもあるので、若者といえども、身勝手な罵声を響かせるというわけにはいかない。秋の夕暮れどき、一日の大学での仕事を終ってそこを通りかかると、顔見知りのみずみずしい助教授《アソシエイト・プロフエツサー》の奥さんが、乳母車《ストローラー》を押しながらピーカンの実を拾い集めていたものだ。紡錘型の堅い殻を割った後、ナッツは砕いて、自家製のケーキの材料に使うか、クリスマスまでそのまま保存して置くつもりだというのが、彼女の説明だった。その風景には何のきらびやかさもないが、私が生れて初めて持った平穏で確信に満ちた精神生活を、この上もなく象徴していたのである。

あの午後の出来事があってから、日々はまたたく間に過ぎて行った。私はその間に所定の授業《クラス・ワーク》を取り終り、大学院生にとって最大の難関である博士論文の提出資格試験《クウオリファアイング・イグザム》にも合格することができたから、ある意味ではたいそう気楽な身分になっていた。

私の一日は、中央図書館《メイン・ライブラリイ》で論文の下調べをすることから始まった。午後はギャリソン・ホールの一室で、外交史のソーンダース教授のために日本語の文献を読み、そして、一度アパートへ帰って、買い置きのT・V・ディナーで夕食をすませると、ふたたび図書館のキャレルへ取って返す。私はこうした単調な毎日の繰り返しを愛して、飽きることを知らなかった。O市の静かな雰囲気にどっぷりと五体を浸しながら、図書館やソーンダース教授の研究室《オフィス》で発見する微細な過去の事実に胸をときめかす小さな喜びが、あらためて身に浸みわたる日々であった。

あの日以来、私がレイトマンと「タムラ・ジャパニーズ・ガーデン」を避けつづけて来たのは、半年後にせまっていた資格試験のせいだったといったら、私はみずからを欺くことになるであろう。たぶん私は、あの午後の記憶をこころの片隅に押しやることによって、せっかく手に入れた単調な生活の確信を保ちつづけたかったのである。

あれから数ヶ月たって、O市から九十マイル離れた大都会から長距離電話がかかって来たことがある。その都会の日本人会会長と名のる男の声で、近く田村氏の日本庭園の開園式《オープニングセレモニイ》が総領事の「御臨席の下に」取り行なわれることになったと告げ、私にもO市在住の数少ない日本人の一人として、「日米親善のために」協力を求めて来たのだ。私は彼の申し出をにべもなく断った。青柳のように「お互い日本人同士だから」というだけの理由で、あの庭にさらに虚飾を加える手伝いをする気にはどうしてもなれなかったし、このような「日米親善」に加わることによって、もしソーンダース教授のために日本語の文献を調べる午後が失われるとしたら、今度こそ、私は自分がほんとうに田村氏を憎み始めるのではないかと危惧したのだ。

その代り、B・F・ウィルソンに誘われて開園式を「のぞきに」行ったジーナから、私は後になって式の様子を聞いた。田村氏が胸を張って、日本の庭と日本の精神の関係について演説をしたが、いつかのジーナへのお世辞ほどには、彼の英語が明瞭ではなかったこと、壇上で青柳が独唱する桜の花の歌に合わせて、一人の少女が日本舞踊を披露したこと、式の後では、生け花に飾られた会場で日本の食物が供されるなど、さまざまな趣向がこらされていて、そのひとつひとつにB・F・は感嘆の辞を惜しまなかったこと——彼女はそのありさまを、身振りまじりで、生き生きと再現してみせた。その日ばかりは清潔なシャツに赤いネクタイを締めたB・F・は、特に日本の茶道《ティー・セレモニイ》が気に入り、長髪をふりみだして、長いあいだその奥義を語りつづけたという。縁なし眼鏡の下の団栗まなこをしきりとしばたたきながら、口髭についた緑色の水滴を手で拭っている彼の姿が目に浮ぶようで、私は苦笑した。

しかし、ジーナによれば、その日彼女はとうとうレイトマンの姿を見かけなかったという。もしかすると、数ヶ月前の思いがけない私との出会いが、レイトマンの胸に秘められた「小さな不幸」をふたたび激しく揺さぶったために、彼もまたタムラ・ジャパニーズ・ガーデンを、そして、たぶん「彼のキヨシ」の息子をも、避けようとしているのではなかったか、と私はいぶかった。

あの日、暮れ切ったジルカー・パークを後にするとき、互いに固く再会を約したにもかかわらず、以来彼からは何の連絡もなかったし、私はレイトマンのあの不器用な雄弁の残響を恐れるあまり、自分から強いて彼を訪問する気にはなれなかった。

その後、私は一度だけ遠くからレイトマンを見かけた。北の方の州で、公民権運動の学生たちが州兵に射殺されるという事件が起り、全米の大学が挙げて抗議のデモを行なった日のことである。私は州議事堂《キャピトル》の前の広い芝生につどったひとびとに混って、ジーナとともに大きな楡の木蔭に腰を下ろしていた。

最初にレイトマンに気づいたのはジーナだった。見ると、ひとびとの群れから離れて、議事堂の中央入口に通ずる石段の半ばあたりに、あの日と同じような派手な花模様のシャツをまとって、レイトマンの痩せた長身が立っていた。彼の瞳が次々と登場する弁士に向けられているのか、それとも、樹々の梢で遊び戯れている栗鼠《りす》たちを見つめているのかを知るには、私たちはあまりに彼から遠かった。しかし、巨大な灰色の建物の下にじっと腕を組んでひとり立ちつくしている彼の長身は、なぜか異様に孤独の様相を帯びていたので、そのとき私たちは、どちらからともなく、立ち上って彼に近づくのをはばかったのだ。

こうして、私はレイトマンと再会する機会を永久に失ってしまった。日本庭園の開園式から、およそ一年たったある朝のことであった。

十月に入ると、O市の朝はなかなか明けない。七時を過ぎても、まだ濃い朝靄があたり一面にたちこめているのである。そんなある早朝、私はジーナのノックの音でたたき起された。まだ醒めきらない眼をこすっている私に、彼女は黙って「O市ステイツマン・アメリカン」紙の朝刊をさし出した。ぶあつい新聞の十二頁目に、大きな広告写真の蔭に隠れるようにして、十数行の小さな記事がレイトマンの死を伝えていた。恐らく心臓障害によるものらしいが、郊外の自宅の居間でひっそりと息絶えていたレイトマンを、隣家の夫人が偶然に発見したというのである。「O市には彼の身寄りがないので、葬儀はケンタッキィ州ルイヴィルから飛来することになっている妹の――夫人の手で取り行なわれるはずである」と記事は結んでいた。私はレイトマンが退役陸軍少佐の称号を持っていたこと、彼が一生独身であったことを初めて知った。

それはたぶん誰の眼にも、ひとりの退役軍人の老人の侘しい、だが、平凡な死と映ったことであろう。しかし、私にとって、それは二重の死を意味していた。こうして、ふたたび相まみえることなくレイトマンがこの世を去った以上、「彼のキヨシ」もまた、彼とともに死なねばならない、と私はせまって来る胸の裡でつぶやいた。

あの夕暮れ、彼の物語りが明らかに示唆していた父の非業の死は、見守られる家族もなく、みずからの胸に秘めた「小さな不幸」に生涯罰せられつづけたレイトマンの孤独の死とともに、今こそ、この私自身の手で葬り去らなくてはならない。もし「タムラ・ジャパニーズ・ガーデン」がレイトマンと「彼のキヨシ」の小さな不幸の象徴であるならば、私はこのO市の静謐のすべてを、是が非でも私のこころの庭園に造りあげるのだ。そして、彼と父との奇妙な交友の墓碑銘を、一枚の板に刻みつけ、そのピーカン並木の小枝のひとつにぶら下げて置けばよい。

「ところで、昨夜B・F・が警察沙汰を起したらしいわ。誰かからハッシシを買っている現場を押えられて、逮捕されたそうよ」とジーナはいった。

彼女のこの異常な早朝の訪問は、明らかにレイトマンのニュースを伝える目的だったにもかかわらず、それに触れたくない私の気持に気づいて話題をそらしてくれたジーナの、いつもながらのさかしさに私は感謝した。

「B・F・ほどいつも異質なものに憬れているひとはないけど、彼もこれでとうとう破滅かも知れない。タムラの開園式の日のことを思い出すわ。B・F・はあの日本のなまぬるい緑色の飲み物に、アメリカにはない哲学を見出したつもりになっていたけど、あたしにいわせれば、彼がそんなに夢中になったのは、ほんとうはコカ・コラの味がどうしても忘れられなかったせいなのよ。ヒッピーみたいな振舞いができるのも、研究室の実験あってこそのことだったのに、彼はとうとうそれに気づかなかったのね」

彼女は一息入れてから、言葉をつづけた。

「あたし自身、ごく当り前のアメリカ人だから、コカ・コラの味は忘れられないけど、あたしはコカ・コラなしに暮せないことを自分でちゃんと知っているわ。つまり、B・F・は平均的なアメリカ人になるという、たいそう簡単なことができなかったのよ。あたしみたいな平均的アメリカ人には、わざわざ感心して見せるほど異質なものなんか、何ひとつない。あたしは、異質なものがいつも隣に座っていることに慣れきっているのよ」

たぶんその時、ジーナは私たちの未来について語っていたのだ。彼女にとって、日本人である私の異質性は、驚異でも奇怪でも滑稽でもないが、一方、彼女の生活がコカ・コラの風土に抜きがたく根を下ろしていることも認めなくてはならない、と彼女はいった。だから、日本が彼女の「関心《ビジネス》ではない」ことも、私への愛情も、彼女にとって、残念ながらともに否定することのできない事実だとジーナはいうのである。

私はレイトマンの死について、やがて訪れるであろうジーナとの別離について考えた。もしジーナが「平均的アメリカ人」であるとしたら、彼女は当のアメリカにもはや稀れにしか存在しない「平均的アメリカ人」なのだということを、私は五年間のO市の生活から学んでいた。しかし、私にとってかけがえもなく貴重なこの「平均的アメリカ人」に、私はいったい何を要求したらいいのだろうか。レイトマンと「彼のキヨシ」の関係のように、ジーナと私のほんとうの関係は、私たちが相まみえることのなくなった時に始まるのだろうか。

「このごろB・F・みたいな『ジャパン・ロビイ』がひどく軽薄に見えて来たのは、あなたがごく平均的な日本人だったお蔭なのよ。少なくとも、それだけはあなたに信じてもらいたいわ。ごく平均的なアメリカ人でいるのは、ときどき、とてもつらいことなのよ。さあ、あたしはコカ・コラが好きだけど、ドクター・ペパーの好きなヤスシに、朝ご飯を作ってあげましょう」とジーナはいった。

O市の冬はいつも何の前触れもなくやって来る。毎年十一月も半ばを過ぎるころになると、ある日午前中の仕事を終えて昼食に立つとき、私はふと、図書館の冷房が少し強すぎるのではないかと考える。すると、決ってその昼すぎ、私が大学のカフェテリアを出て一時間ばかりたった頃、突如として風が立ち、急激に気温が下り始める。そして、それから数日のあいだ、北からの激しい冷風が吹き荒れるのである。ひとびとはその昼まで、薄い木綿のシャツに身を包んでいるだけだから、震えながら家に帰ると、慌てて翌日のために去年の外套を用意しなければならない。

何日か吹きつのった北風が収まると、南の太陽と冷えきった空気とが入り混った、奇妙なO市の冬が始まる。ひとたび日蔭に入ると、たちまち冷気が手足を痺れさせるのに、厚いセーターを着こんで日向を歩いていると、真冬とは思われない程の暖かさに、全身がじっとりと汗ばんで来るのだ。

しかし、南西部の冬がほんとうにひしひしとこころにせまって来るのは、たぶん夜の時間であろう。日が暮れて人通りが絶えた後、ときたま走り去る自動車のエンジン音の間を縫うようにして、硬いコンクリートの路面に散りそそぐピーカンの枯れ葉が風に煽られ、絶え間なく乾いた微音を鳴り響かせるのである。その頃、私たちの禁戒はいつの間にか破られていて、私はウエスト二十二番通りのアパートで、いく夜ジーナとともに真冬のO市の音に聞き入ったものだろうか。

そんな冬のある夜、私は日本の小説家が、古式にのっとった割腹自殺を遂げたというテレヴィジョンのニュースを聞いた。私の帰国の日は数ヶ月先にせまっていた。

かわあそび

去年の夏も暑い盛りの頃、ほとんど数年ぶりに、私に外国語の電話がかかって来た。

いつものように夜おそく研究所から帰った私が、身体に沁みついた汗の匂いを狭い風呂場で流し落していると、妻は私の背中に向って、もうこれ以上待てないといった調子でその「大事件」を語り始めた。

やたらに慌ただしいばかりの夫の生活をよそに、平凡な団地妻の幸福を摑みかけている彼女にとって、いきなり電話機から飛び出して来た英語がどれほど胆を冷やすものだったか、私はよく理解できるような気がした。妻はその時の狼狽ぶりを、手ぶり身ぶりをまじえながらおどけて再現して見せ、「なにしろあたしは国文科出身ですからね」といって笑った。

「それはそうと、英語だったことは確かだろうね」

私の問いに、彼女の答は明快だった。

「だって、あたしにも少しはわかったんですから、確かに英語だったわ。あたしがドイツ語やフランス語を知っているとでも思ってるの」

いきなり若い男の声で「ヤスシいる?」という異国語が聞えたとき、妻は思わず畳の上にへたりこみそうになる衝動にやっと耐えながら、少なくとも数分間の沈黙を余儀なくされたのだそうだ。こちらの反応がないので、相手はかえって慌てたらしく、何やら早口に喋りつづけたが、必死の思いで彼女の耳がかろうじて捉えたのは、私の名前と、そればかりは相手がゆっくりと繰り返した「彼はいつ家にいますか」という言葉だったという。

「だから、あたし、日曜日《サンディ》、日曜日《サンディ》、ってどなり返してやったのよ」と彼女はいった。

ほんとうは、そんな場合の日本人の通例どおり、たぶん彼女の応答も蚊の鳴くような声だったのだろう。しかし、それを口に出す代りに、

「英語の電話がかかったら、僕だって慌てるさ。いくら英会話学校が流行ったって、本気で英語だのアメリカだのっていっていたら、この国では人に笑われるだけだからね。僕もアメリカのことはもう忘れたよ」と私はいった。

私が独身時代の五年あまりをアメリカで暮したことは、妻もよく知っていたし、私に一人や二人外国の知り合いがあってもちっとも不思議はない。だから、彼女もいずれそんなこともあるだろうとは思っていたが、英語なまりの奇妙な発音で口にされた夫の名前を実際に耳にしたときの慌て方ときたら、我ながら滑稽だったと妻はふたたび繰り返した。

数日後の日曜日、再度かかって来た電話を受けたのは私だったので、彼女は夫の前で腰を抜かす醜態を演じないですんだ。

「ヤスシ？　キャピイです。覚えてる？　ほら、Ｏ市のディヴァイン博士の息子ですよ」と相手はいった。

挨拶をぬきにして親し気に話しかけて来る若い声に、一瞬、私は長い年月を飛び越えて、毎日外国語を操って暮していた日々に強引に引き戻されたような、奇妙な錯覚に捉われた。

キャピイはさすがに少し高ぶった声で、

「あの吝嗇な親父がめずらしく金を出してくれたんでね。夏休みの学生旅行団に参加して、ヨーロッパを大急ぎで見物してから、一週間前にソ連船《ラシアン・ボート》でヨコハマに着いたんです。それから日本を方々見て廻ったんだけど、明日の晩にはもう発たなくちゃならないんですよ。あなたに会うのがこの旅行の僕の目的のひとつだったけど、残念ながら、もう無理だろうなあ。でも、僕はいつか必ず日本に戻って来ますよ。親父がシモノセキ時代をいつも懐しそうに話す気持がわかったような気がするんです。少なくとも、僕はメキシコ人より、日本人の方がずっと好きだってことを、再確認できたような気がするな」と一息にいった。

まるで数日前の妻のように、私は受話器を手にしたまま、しばらく言葉を返すことができなかった。久しぶりに聞く外国語に驚いたわけではなく、キャピイの声を耳にして、自分が久しく意識の片隅に追いやろうとしていたものが、いちどきにどっと私に襲いかかって来たからである。

私が最後にキャピイに会ったのは、北部での四年余の生活を終えて、帰国の途上、懐しい南西部のＯ市を再訪した時だったから、あれからもう何年になるのだろうか。その時、彼はまだ高校《シニア・ハイ》の一年生《フレッシュ・マン》になったばかりで、両親と話しこんでいる私の廻りをうろつきまわっては、私に話しかける機会をねらっている背丈ばかりひょろ長い少年だった。

はじめてディヴァイン博士に出会ったO州立大学の学生健康管理所《ヘルス・センター》の赤煉瓦の建物のこと、緑の公園に囲まれた広大な駐車場の真中で、いつも青色の遮光ガラスに激しい日光を冷ややかに反射させていたメディカル・タワー・ビルディングのこと、その一隅にあって、常にとりどりの人種の患者たちが予約時間《アポイントメント》を待っていた、薬の匂いひとつしない博士の清潔な診療所《オフィス》のこと、度の強いあめ色の縁の眼鏡の奥で人のよい眼を懸命に見開きながら、間のびしたあの甘い南部なまりで、ときどき見当違いな発言をして笑わせた長身のディヴァイン夫人のこと——次から次へ、現在の私とはまったく無縁な筈の人々や光景が、執拗にあざやかな追憶となって私の胸に積もり重なった。

キャピイが私に新婚の感想を求め、私がディヴァイン夫妻の近況を訊ねてから、電話線を距てた私たちの会話は、ようやく日常の調子を取り戻したように思われた。

「あそこでは何もかも相変らずでね。あなたが今行ったら、五年前に訪ねてくれた時とぜんぜん変っていないのに、かえってびっくりするんじゃないのかな」とキャピイはいった。

あれから、もう五年になるのか、と私は半ば呆然と考えた。

私がディヴァイン博士と知り合ったのは、北部で受けることになっていた専門分野の教育に備えて、いわば準備のための最初の九ヶ月あまりをO市で過した時だったから、すると、今から十年も前のことになる。もっとも、帰国直前にふたたびO市を訪れたとき、私は彼の一貫して変らない暮しぶりにあらためて感嘆の念を惜しまなかったくらいだから、たとえ今の私の生活が当時とはあまりに異質なものであろうと、彼の日々が依然として一定の拍子を刻みつづけていることに、何の不思議があるわけもない。

しかし、かつてあの碧く広い空の下で、そこに静かな生活をいとなむ人々とこころを通い合わせ、彼らの平穏な日常の確信を共にしたと信じた自分があったことが、今ではまるで夢の中の出来事のようにしか感じられないのは、単に過ぎ去った年月のせいなのであろうか。仮にあの頃そう信じていたのが、外国の土を踏んだばかりの留学生にありがちな一時の感傷にすぎなかったとしても、少なくとも、この私自身、人を知り愛することの幸せを知った一瞬を持ったという事実は、どうしても否定してはならない筈だ、と私は考えた。

私たちはしばらく最近のO市の様子や、今の私の仕事などについて話し合ったが、やがて、話題はふたたびディヴァイン博士へ戻って行った。

「親父には、楽しみといえば魚釣りしかないのも相変らずでね。せっかくの休みの日だっていうのに、朝の五時に起き出しては、車でカヌーを引っ張って、C河へ出かけて行くんですよ。十年前と同じでしょう」とキャピイは話しつづけたが、ふいに慌てた口調になって、

「大変だ。長距離電話《ロング・ディスタンス》は高いんでしょう。もう切らなけりゃ……」

その口調がディヴァイン家のつつましい暮しぶりを思い出させて、私は思わず声に出して笑った。

子供たちが大学を卒業するまでは、念願の日本再訪どころか、ただひたすら働きつづけるしかない

というのが、ディヴァイン博士の口ぐせだったのである。

「日本には相手払い通話《コレクト・コール》の制度がないんですってね。ずいぶん不便な話だなあ」

キャピイは兄弟にでもいうような正直な冗談を口にしてから、ふと思い出したように、

「ところで、あなたの『白い百合《ホワイト・リリー》』も、とうとう北部へ行ってしまいましたよ。あれからもう三年以上になるけど、やっぱり彼女には、南西部は暮しにくいところだったんでしょうね。そういえば、北部へ去る前に、彼女はヤスシのいる日本で暮したいなんていってたっけ。もっとも、今頃は結婚して、もう子供の二、三人はいるかも知れないな。メキシコ人は子沢山だからね」とキャピイはいった。


O州立大学の大学院生活を始めてまだ数週間にもならないある日、私は朝から激しい悪寒に悩まされ、一人思いあぐねたあげくに、勇を鼓してヘルス・センターの応急処置室《イマージエンシイ》を訪れた。慣れぬ異国で病み、恐らく見るからに不安におののいていた私を診察してくれたのが、当時まだ四十代だったディヴァイン博士であった。センターのスタッフは殆んど第一線を引退した老医師たちだったが、その中に彼のような篤志家の現役の開業医が少数混っていることを、私は後になって知った。州立大学の学生たちのために、彼らは月に何回か交替で奉仕しているという話だった。

絶えず静かな笑みをたたえた両眼をしばたたきながら、六尺ゆたかな体軀とはたいそう不釣り合いな早口の小声で、ささやくように語りかけるのがディヴァイン博士の特徴だった。私の悪寒はた

だの風邪が原因だが、高熱が下るまでしばらくヘルス・センターに入院したらどうかとすすめてから、彼はさらに言葉を継いで、懐中の乏しい私を安心させるために、薬代以外は一セントも支払わなくてすむ大学の学生保健管理の仕組みを説明してくれた。

センターの二人部屋のベッドのひとつで、数日間私は昏々と眠りつづけた。博士の予想に反して、私の熱はなかなか去らなかったが、たぶん自分でも気づかないまま、初めての外国生活で神経をすっかりすり減らしてしまっていたのであろう。数日が過ぎて、ようやく人心地を取り戻し始めた頃、うつらうつらまどろんでいた私は、看護婦の声で我に返った。

「ヤスシ、目を覚すのよ。お昼ごはんです。はるばるアメリカまでやって来たのに、眠ってばかりいたら、せっかくの奨学金がもったいないわ」と彼女はいった。

今になってみると、それまでの私の習慣には、自分の名が見知らぬ看護婦にこんなに親し気に呼ばれることなど決してあり得なかったと、その時初めて気づいた私は、故国を離れて以来、そうとう上の空で日を送っていたらしい。

一瞬、私は彼女の容姿に目を奪われた。

日本では見かけないひどく扁平な角ばった縁の眼鏡を別とすれば、黒い髪といい、小柄な背丈といい、白衣に包んだ細やかな身のこなしといい、そこに立っている清楚な姿は、一見、私が見なれていた日本の少女たちを髣髴させるような気がしたのだ。

彼女が胸につけた名札には、当時私の知識にあったどのアメリカ人の名前とも違う、不可解な綴りが記してあった。

私の視線に気づいて、

「あたしの名前を正確に発音できる人は一人もいないのよ。インディオの言葉をスペイン語風に綴ったもので、もともとは白百合っていう意味なんですって。だから、英語を話す友達は、あたしのことをホワイト・リリーって呼んでるわ」と彼女はいった。

その口ぶりから察すると、この国では彼女も自分と同じ外国人なのだろうかと私はいぶかったが、彼女の身についた雰囲気は、明らかにアメリカのものだった。まだ私には、他のアメリカ人と特にきわだって異質なものを、彼女から感じ取ることができなかったのである。

「正確にいえば、あたしはメキシコ系合衆国市民というわけね。あたしが生れたのはこの州の小さな町だけど、人口の六割はメキシカンで、あたしも含めて、家の中では今でもスペイン語を使っているのよ」ベッドに上半身を起した私の膝に昼食の盆を置きながら、手短に疑問を晴らしてくれた「白い百合」は、それから、冗談めかした調子で、「もっとも、よきアメリカ人たらんとする者は、家の中でも英語を話すべし、というのがあたしの主義でございます」

軽い笑いにまぎらせた口調にもかかわらず、奇妙に真剣な光をたたえて私を見つめていたその時の彼女の黒い瞳と、私と同じ膚色の尖った鼻の先端にうっすらとにじみ出た汗とを、後になって私はしばしば思い出した。

私はディヴァイン博士にすすめられるままに、体力が回復するまで、さらに数日をヘルス・センターで過した。日が落ちて、病室の窓越しに見えるかずかずの星座が、夜ごと故国とまったく同じように輝くのが、私にはひたすら不思議に思われた。

当時O市ではまだ珍しかった日本人留学生に興味を抱いたためか、些細なことで看護婦を呼びつける傍若無人な同室の若者が退院した後の気安さのためか、「白い百合」は検温などで病室を訪れる度に、しばらく私と無駄口をたたいて行くようになった。

おかげで、私は「白い百合」についても、合衆国という国についても、いくつかの新知識を得ることができた。O市から西方に二十数マイル、サン・ミゲルというメキシカン・タウンには、若くして亡くなった両親の家で、今では彼女の親代りの兄が床屋を営んでいるが、残念ながら、メキシコ人であることに満足しきっている彼の生き方に、彼女自身はどうしても賛成できないのだと「白い百合」はいった。

アメリカといえば、白人と黒人しかいない国だと一人合点していた私にとって、特にO市のような南西部には多数の貧しいメキシコ系市民が住んでいて、多くの場合、彼らは他の地域では黒人の仕事と見なされている単純労働に甘んじて日を送っているという彼女の話は、まったく新しい発見であった。その頃、まだ卒業まぎわの実習を受けている看護学生だった彼女は、私の病室を足しげく訪れることも、「よきアメリカ市民」になるための訓練の一部と信じこんでいるように見えた。

見舞ってくれる知人一人いない病床の私は、「白い百合」の小麦色の細い面立ちをたいそう美しいと考えたが、それが主として病んだ私の孤独感のなせる業であったことはもちろんである。だが、後になって考えると、私たちがただの看護婦と患者の間柄にすぎなかったにしては、彼女は私の目にあまりに好もしく映りすぎていたといえるかも知れない。

私たちを互いに引き寄せるきっかけとなったのが、私の退院後数週間目にかかって来たディヴァイン博士からの電話であったことは間違いない。彼は例のささやくような早口で、モーター・ボートで数十マイルC河をさかのぼり、かわべりの州立公園でバービキューを楽しむ週末のかわあそびに、私を招いてくれたのである。

よかったら女友達《デイト》を連れて来給え、といった博士の軽口にそそのかされて、私は「白い百合」を誘ってみる気になった。

まだ午まえだというのに、広い河幅いっぱいにあふれるような強い光を反射させている南西部の太陽が目に痛かったが、ディヴァイン博士の操縦する貸しモーター・ボートが水面をすべり始めると、涼やかな微風が私の頰をくすぐった。青と白の二色に塗りわけられた小さな船体は、軽いエンジンの音を響かせながら、ゆるやかなC河の流れをけたてて進んだ。

水上スキーを楽しんでいる人々のモーター・ボートとすれちがう度に、彼らが立てる人工の波で、私たちのボートはひとしきり大きく揺れた。両岸の生い繁った樹々の間に整然と立ち並んでいる家々は、幼い頃の私をしばしば空想の世界にいざなった西洋の絵本の、かずかずの挿絵を思い出させた。凝った造りの山小屋風の住宅や、正面に巨大な円柱をあしらった南部式の大邸宅に混って、白塗りの質素な家もあったが、みないい合わせたように、広々とした緑の芝生に囲まれていて、無心に走り廻る幼い子供たちや、二つ並べたローン・チェアにじっと腰を下ろしている老夫婦の姿が望見できた。

ディヴァイン博士は、ときどき速度を落して、私のためにあたりの風景を説明してくれた。美しい家々の中でもとりわけ人目を引く宏壮な邸宅の前を過ぎた時には、それがかつて連邦政府の高官を務めたある実業家の持ちものであるといって、博士は彼にまつわるいろいろな挿話を話して聞かせた。

「ああいう大金持ちは、あたしたちとはぜんぜん違う人種なのよ。なにしろ、あの家のまわりには、ぐるりと金網が張りめぐらしてあるんですからね。ほんとうは、C河にも金網を張りたがっているんでしょ。でも、このあたしは、いつでも貧乏人の味方です」とディヴァイン夫人がおどけて叫んだ。

立ち上って、邸宅に向けて拳固を突き出して見せたとたん、ボートが揺れ、ぶざまに均衡を失ってよろめいた自分の姿に、夫人はにぎやかに笑いさざめいた。

私たちは船着き場から三十分ほど河をさかのぼった対岸の目標に向って進んでいた。そこはC河の本流とはひときわ趣を異にした潟《ラグーン》をなしていて、博士のお気に入りの場所のひとつだということだった。

「去年の夏、あのラグーンで、主人は一フィート半もある、こんなに大きな鯰《キャット・フィッシュ》を釣り上げたのよ。ああ、あの重かったことといったら、この力持ちのあたしが、どうしても持ち上げられないくらいだったわ」

ディヴァイン夫人のいかにも大袈裟な身ぶりと、まるで水を切るスクリュー音と競い合うかのようなとてつもない大声に、それまで艫で神妙にひかえていた「白い百合」も、つりこまれて、思わず大きな笑い声を立てた。

すると、その瞬間を待ってでもいたように、博士が振りかえって、何ごとか彼女に向って話しかけた。

それは、私がかつて学んだことのない言葉であった。

「まあ、先生はスペイン語がおできになるの」

「白い百合」の表情がたちまち明るくなるのを目にして、私はほっと気持がなごむのを感じた。この辺りのメキシコ人たちの立場について、すでにいくぶん彼女から聞かされていた私は、「白い百合」をかわあそびに伴っては来たものの、ディヴァイン夫妻が私の客人を喜んでくれているのかどうか、多少気がかりでないこともなかったのだ。

ぴったりと身体に合った萌黄色のスラックスの上に、同色の木綿のブラウスをまとった彼女の首には、微風になびくスカーフの黄色があざやかだった。

「あのキャット・フィッシュは、ずうたいは馬鹿でかかったが、たいそう肉がしまっていて、メキシコ風に料理した味はこたえられなかった、といったんだよ」今度は私に向って、博士は先ほどのスペイン語を英語に直してみせて、「わたしはメキシカン・タウンに生れて育った男だから、英語よりスペイン語の方が得意なくらいなんだ。もっとも、たいがいの白人は、スペイン語なんかたちまち忘れてしまうがね。それに、私のメキシコ料理の腕前ときたら、今すぐ医者を廃業してもやって行けるんじゃないかと自認しているほどなのさ。わたしの診療所の看護婦は全部メキシカンだし、メキシカンの患者も大勢いるんだよ」

そのにこやかな言葉が、「白い百合」の気分をほぐさせるためだったばかりか、O市のスペイン語を話す市民たちに対する博士の一貫した態度を暗示するものでもあったと私が覚ったのは、しばらく後のことである。

急にモーター・ボートの速度が落ちた。見ると、知らない者なら見過してしまいそうな、ほんの三十フィート足らずの細い水路を通って、ボートは奥まった入江へ進入して行くところだった。入江の奥深くに注ぐ小川とC河の本流との間に、どんよりとよどんだ水が、まるで沼沢のような地形をかたちづくっていた。一エーカー半もあろうかと思われるラグーンの中央のあたりで、博士はボートのエンジンを停めた。

突然、静寂が私たちを襲った。

周囲は自然のままの灌木の丘陵にとりまかれ、水際のところどころに佇立する大木の枝々からは、ほとんど水面にとどくほどに垂れ下った名も知れぬ宿り木が、深い陰りを落していた。

そこは、O市の周辺に拡がっているあの平坦な乾いた大地からはまったく想像もつかない、暗緑色の谷間の底にひっそりと静まりかえった、文字通り無音の天然の密室であった。

動きを止めたモーター・ボートのまわりを、故国のうぐいにそっくりなパーチの群れが、ときどき白い腹をきらめかせながら泳ぎ廻っている様に、私は目を当てた。

しばしの沈黙の後、

「ヤスシ、ここがわたしのお気に入りの場所だといった意味がわかっただろう。ここをぜひ一度君に見てもらいたいと思っていたんだ」

そういって、博士はとある大木のひとつを指さした。

「朝早く、この場所にカヌーを停めて、一人で釣糸を垂れていると、決って、あの下から四本目の枝に垂れ下っている宿り木と、幹との間から、さっと朝陽が射しこんで来るんだよ。すると、このよどんだ水面に、突如としてひとすじの光の帯が走って、わたしのこころは、瞬間、きりりと締め上げられるんだ。そんな時、わたしはもうキャット・フィッシュのことなんか忘れてしまって、魚たちといっしょにお喋りをする。わたしが自分の過去や未来について話すと、魚たちは人間の罪や幸福について答えてくれるのさ」

ささやくような早口をいっそう低めて、ディヴァイン博士は問わず語りに、彼と日本とのなれそめについて語った。

彼は大戦直後の半年たらず、衛生兵としてシモノセキに駐留したことがあったが、たぶんそのこと自体は、あの頃の大勢のアメリカ青年が共有したありふれた経験にすぎなかったのだろう、と博士はいった。しかし、当時自分の生き方を思いあぐねていた彼にとって、その経験は殆んど決定的な意義を持つことになったという。昨日まで戦火を交えていた日本兵たちを満載した船団が、続々と帰港して来る敵国の港町の一角を、夜も更けてから、当の敵国人の医師の一人とともに語らいながら歩き廻って、何の危険も感じないでいられたことの驚き、極度に乏しい医療設備にもかかわらず、傷ついて帰り着いた兵たちや貧窮にあえぐ市民のために、日夜懸命に立ち働いていた若い日本人医師たちに協力する喜び、軍規を破って、そうした医師たちと企んだ、アメリカ側から牛肉を、日本側から野菜を持ち寄って開いたスキヤキ・パーティー——こうしたシモノセキ時代の記憶のひとこまひとこまが、その頃聖職に就こうとなかば思い定めていた彼の人生行路を、大きく左右するひとつの要因になったと博士はいうのである。

恐らく復員以来、初めて行き合った日本人の私にその物語りを語るのに、この彼の「お好み」のC河のラグーンほどふさわしい場所があるであろうか、と私は考えた。

「おかげで」と博士は傍らの夫人を見やりながら、「このマージョリーにはずいぶん苦労をかけたよ。一人前の医者になるまで、長い学生生活だったからね。その間、わたしたちの生活を支えてくれたのは彼女だったんだ」

「日本人にメキシカンのデイトがあるなんて、素敵だわ。あたし、ほんとうに嬉しいわ」

それまでの話題とは何の脈絡もなく、博士の思弁的な口調とはまったく対照的なほがらかさで口にされた夫人の言葉に、私は苦笑した。しかし、その明るい声が、まるで大きな幼児のように無邪気な夫人の人柄を映し出すと同時に、「白い百合」へのそれとない思いやりを含んでいたことを、その時私は感じ取っていたと思う。

「では、ラグーンをひと廻りして、本流へ返ろうか」エンジンを始動しながら博士はいった。

「まだ君に見てもらいたいところがいっぱいあるんだ。特に、もう少し河をさかのぼると、サン・ミゲルという町が見えるんだが、わたしの生れ故郷なんだよ。もっとも、今日のところは、遠くから眺めてもらうしかないがね」

「白い百合」のために、私はひそかにその小さな偶然を喜んだ。サン・ミゲルといえば、彼女の家族が住んでいる町でもあることを思い出したからである。

C河の本流へ戻ったモーター・ボートは、全速力で河をさかのぼり始めた。

そろそろ空腹を覚え始めた私に、ディヴァイン夫人はボートに積みこんだバービキュー道具の組み立て方を説明したり、赤いアイス・ボックスの蓋を開いて、中のタッパ・ウェアにきちんと並べられた鶏肉を見せてくれたりした。彼女の家に代々伝えられた独特のソースに漬けこんだ鶏肉を炭《チャコール》で焼く時のかぐわしい香りについて、市販のいわゆるバービキュー・ソースのいんちきさ加減について、彼女の長広舌はいつ果てるともないように思われた。

しかし、「白い百合」がディヴァイン博士と同じメキシカン・タウン出身の看護学生であることがわかって、船上の話題が、次第に彼女に集まって行ったのは、当然のなりゆきである。彼らは互いにすっかり打ちとけて、ひとしきり、サン・ミゲルの町の共通の知人の噂話に花を咲かせた。私はひとり黙って耳を傾けながら、彼らが口にする私の見知らぬ人々の名が、たいそう多種多様であることに興味を引かれた。あるものはアングロ・サクソンの名前だったが、多くは明らかにスペイン系のもので、なかには、ドイツ系ともスラヴ系とも、私には判断のつかない名も混っているようだった。

川幅も、ゆるやかな流れもいっこうに変らなかったが、モーター・ボートが川上へ進むにつれて、光景は少しずつ変化した。あたりにはもはや家々も、人の姿も見かけられず、緋色の地層をのぞかせている切り立った断崖の間を通り抜けると、両岸は荒涼としたゆるい起伏の拡がりだった。背の低い灌木に混って、そこかしこにぽつねんと生えている柳の木の下で、ときどき数頭の牛がまばらな草を喰んでいたところを見ると、そこは牧場の一種であったのかも知れない。

「白い百合」たちは、サン・ミゲルのスペイン語の名を冠した目抜き通りの、最近の変貌ぶりについて語っていた。

「ずいぶん昔の話だから、君がまだ生れてもいなかった頃だがね。以前、あの通りには、実にいろんなメキシカンの店が並んでいたものだった。小さな店が、みんなそれぞれ魅力的なたたずまいを競っていて、そんな店先を覗いて歩くのが、子供の頃のわたしの唯一の楽しみだったよ」

博士の回顧談に応じて、夫人の明るい大声が聞えた。

「ところが、今はどうでしょう。アメリカじゅうどこへ行ってもあるような食料品店《グロサリイ》や安売り《ダイム》・

百貨店《ストア》の支店が二つ、三つあるだけじゃないの。おまけに、ダイム・ストアのファウンテンでいつもとぐろを巻いているのは、みんな黒人なんですからね」

まだアメリカ生活の日が浅かったその頃の私には、彼らが故郷の町に抱いている深い愛着の異常な複雑さを理解することはできなかったような気がする。

「そう、ああいうものがどこへでも出没するようになったのは、ほんのここ十年くらいのことだからね」

そういって、博士は優しい目で夫人に微笑みかけたが、ふと会話から取り残されている私に気づいたらしく、まことに彼らしい思いやりを見せた。たぶん、私がひとりで退屈しきっているとでも、思い違いしたのであろう。

「よかったら、こっちへ来て、ひとつモーター・ボートを運転してみないか」

私はいわれるままに、博士に代って操縦席に座った。小さな棒状の把手を前後に動かして速度を調節しながら、円形のハンドルで進行方向を定める操作は、思ったより簡単だったが、私は慎重に、ゆっくりとボートを進めた。衝突の可能性を恐れずに、近くをすれちがう他のモーター・ボートに向けて、船首を多少立て気味にするのが、こちらの揺れを少なくする秘訣であることを、私はじきに会得した。そうやって、ボートをできるだけ巧みに操ろうと、私はおよそ半時間以上も注意を傾けていただろうか。

だが、その間も、私は後部ではずんでいる話に、ときどき聞き耳を立てることを忘れていたわけではない。私と同様スペイン語を解さない夫人のために、さいわい、会話は英語で交されていた。しばらくの間、「白い百合」はどうやらもっぱら聞き役にまわっているらしく、夫妻がかわるがわる語る幼年時代の思い出話に相づちを打っていたが、話題は次第に深刻な傾きを帯び始めて行く様子だった。

博士がメキシコの偉大な文化的伝統を誉めたたえ、それを生んだ民族に対する彼の熱烈な愛情を披瀝するのに答えて、今はすっかり日頃の自分を取り戻した「白い百合」が、合衆国のメキシコ系市民について彼女の持論を展開していた。かつて、ヘルス・センターの病室で私が初めて「白い百合」の名を聞き知った日、彼女が苦い笑いにまぎらせながら述べた同じ言葉が、ふたび口にされるのが私の耳に入った。

「あたしたちメキシコ系アメリカ人は、スペイン語なんか忘れてしまった方が、かえって幸せなのよ」

彼女は彼らが現在の生活に甘んじて、みずからの努力を怠り、ディヴァイン博士のような多くの善意の人々の協力すら、結局は無に帰するしかないことの不幸を嘆いてみせた。しかし、なぜかその時私は、インディオの名を持つ「白い百合」のひそかな悲しみは、むしろそうした事実よりも、すでに遠い祖先の言葉を失い、今また昔の征服者の言葉を忘れようと努力することが、ほんとうに幸福へつながる道であると確信しきれずにいる彼女自身にあるのではないかと、漠然と考えたことを覚えている。

「だから、専門の技術を身につけて、立派なアメリカ人になろうとしているあなたに頭が下るのよ。診療所に欠員ができたら、主人は必ずあなたを傭うと思うわ」とディヴァイン夫人がいった。

その言葉に博士は深く頷くと、私に向って、この州が合衆国に併合される以前、メキシコ兵がいかに勇敢に戦ったか、その後大量に移住し始めた白人たちのために、メキシコ系の住民がどれほどの暴虐に耐えて来なければならなかったかを、熱心に説いて聞かせた。博士は続けて、

「わたしたちはその償いをしなくてはならないのに、このごろのアメリカ人は、黒人で頭がいっぱいで、彼らのことを考える閑がないらしいんだな。最近の黒人たちは、むしろ加害者になってしまって、損をするのは、大人しいメキシカンみたいな連中だけだっていうのに」

今の私には、博士の説明に何やらちぐはぐなものが含まれていたことがわかるが、その時、私はひたむきな彼の口調と、それにもまして、私たちの周囲に拡がる広大な南西部の自然に酔いしれていたのであろう。

ひとしきり、私たちは灌木の蔭にひそんでいるかも知れない鹿たちの姿を探すことに熱中した。その辺りは、夕暮れどきになると決って鹿の群れが出没する場所で、ときには、白昼ですら、餌を求める子連れの鹿を見かけることがあるという話だった。

単調な景色がつづき、流れもまた単調だった。いつの間にか、行き交う色とりどりのモーター・ボートも姿を消し、頭上から照りつける正午の太陽が、私の操縦につれてゆったりと回転を続けるエンジンの鈍い噪音を、澄み切った大気の中に吸い取って行った。

「ほら、サン・ミゲルが見えて来たわ」私に向って「白い百合」が叫んだ。知らぬ間に、私たちはサン・ミゲルの町を眺望する地点にさしかかっていたのである。

「そうだ、エンジンを停めて、しばらく遠くから我が故郷を眺めようじゃないか」とディヴァイン博士が応じた。

船上から眺めると、ゆるい起伏の続く大地のかなたに遠く見えかくれするサン・ミゲルは、意外にも、貧しい家々のひどくまばらな集落にすぎないように思われた。いつも深緑の巨木と芝生にひっそりと固まれているO市の住宅地に較べると、その町のわびしい平坦な土地に、樹々はあまりにも少なかった。

目に立つものといえば、白ペンキの剝げかけた小さな家々が点在するほぼ中央のあたりにそびえ立つ正体不明の灰色の石の壁だけで、ひとりそれのみが奇怪な存在を重々しく主張しているかのようであった。

「あれは昔スペイン人の修道院があったところだよ。サン・ミゲルというのも、もともとはあの建物の名前だったのさ。このごろ、州ではあれを観光名物のひとつにしようとやっきになっているらしいが、なかなかうまく行かないんじゃないかな。なにしろ、ひどく陰惨な感じのする場所だからね」と博士はいった。

ゆるやかなC河の水にまかせて、私たちのモーター・ボートはしばし流れのままにただよった。

それから語られたディヴァイン博士の物語りで、私は敗戦直後の日本以外に、さらに重要ななにかが、この一人の真摯な医師の今日を作り上げていることを、あらためて発見したように思った。

何歳の時だったかはっきりと記憶していないが、まだごく幼かった頃の博士は、ある日、あの修道院跡の石壁に固まれた内庭で、二人のメキシコ人が私刑される有様を、偶然目撃したというのである。

恐らく窃盗か何かの嫌疑をかけられて、彼らは法廷で裁かれることもなく、身の明しを立てるすべも知らないまま、暴徒たちの怒りにさらされ、とうとう私設の絞首台に登ることを余儀なくされたのであろう。悪童たちに混って、幼い彼は崩れかけた石壁の間から覗きこんでいたが、息絶えた肉体が吊り下ろされて、内庭の赤茶けた地面に横たえられた瞬間、そのうす汚れた白の着衣からはみ出た腹部の筋肉が微かに蠢くのをはっきりと目にした時、博士は身の震えをどうしても止めることができなかったという。

彼のなかで、スペイン語を話す隣人たちへの憐憫がおぼろなかたちを取り始めたのは、たぶんその時以来のことだったのだろう。

やがて、屍体がとり片づけられ、内庭に人影がなくなった後、強烈な太陽から死刑執行人たちの白い禿げ頭を守る筈であったテン・ギャロン・ハットが三つ、首吊り台の下に忘れ去られ、土埃にまみれて転っていたことを、今でもはっきりと思い出すことができる、と博士はいった。

「いやねえ、そんな暗い話はやめにして、そろそろバービキューにしましょうよ。さあ、ヤスシ、全速力で公園まで飛ばして頂戴。みんなお腹が空いたでしょう」とディヴァイン夫人がいった。

「白い百合」の視線が、先ほどからじっと自分に注がれていることを私は知っていた。奥底に淡い憂いの色を秘めながら、何事かを烈々と語りかける彼女の眼差しのきらめきに、その時、私は激しく魅せられた。

ディヴァイン家伝来の焼肉なんかどうだっていい。「白い百合」とともに、ぜひともあの修道院の内庭に立ってみたい、と私は考えた。


かわあそびの日を境に、私たちは急速に親しさを増した。私はしばしばC河に博士の魚釣りのお伴を仰せつかった。朝もまだ明けやらぬ頃、彼が巧みに操る不安定なカヌーの上で、私たちはともども何尾ものキャット・フィッシュやパーチを釣り上げたものだ。

夕暮れどき、東向きに僅かに傾斜したディヴァイン家の裏庭《バックヤード》の芝生で、私は博士の魚料理の腕前に見とれた。木蔭にしつらえた野趣ゆたかな石の竈に燃える炭火で、さも楽し気に我々の早朝の獲物を植物油で揚げていた彼の後ろ姿を、私は今もありありと思い出す。

ディヴァイン家に招かれない週末は、私は「白い百合」と形通りのデイトをして過した。自動車を買う余裕のない他の貧しい学生たちを真似て、私たちは広い大学構内《キャンパス》の中央で絶えず七色の水しぶきを撒き散らしている大噴水のあたりを散策したり、講堂で上映される古い映画を楽しんだりした。

だが、まったく私の意表をついて、彼女がもっとも好んだのが佩上げだったことを思い出すと、私の胸にあらためてひしひしとせまって来るものがある。

キャンパスから歩いて十五分、平和公園《ピース・パーク》と呼ばれるハイウエイ沿いの細長い公園で、土曜日の午すぎ、ひとすじの細い糸を操りながら、小さな布張りの凧を首尾よく風に乗せようと、私たちは何度時の経つのを忘れたことだろうか。

「白い百合」は念入りに髪型を整えることもなく、他のアメリカの少女たちのように、週末ごとに異った服を着て男友達《デイト》の前に現れることもなかった。だが、毎日の忙しい勉強と実習から解放されて、底なしに澄み切った南西部の大空高く舞うひと張りの凧に打ち興じているその姿に、いつの日かこの広大な合衆国のどこかに幸せを見出す時を夢見て、今はひとり懸命に小さな城を築こうと努力している彼女の憧憬と哀しみを、私ははっきりと感じ取ったように思った。

ある意味では、私は依然として彼女の患者であり、彼女は私の看護婦だった。生れて初めて、私に凧上げの楽しさを教えてくれたのも彼女だったし、凧上げで息をはずませている私の頬に、みずからの歓喜の汗の香りをひそやかに移しかえてくれたのも彼女だった。私たちの立場が入れ替った時があったとしたら、上げそこなった凧が高い木の枝にからまって、私が彼女にはできない木登りを試みた何回かだけであったかも知れない。

何ヶ月かの後、チリ・パウダーと呼ばれる香料で安い挽肉と腐りかかった古いトマトをあえ、長い時間煮込んで作る栄養豊富な経済料理の手ほどきをしてくれたのも彼女だった。だが、私が彼女から教授を受けたのが、その地方の家主たちの芸術的な命名でステュディオ・アパートメントと称されている実は一部屋きりの彼女の仮住居であったと聞いたら、ディヴァイン夫人も、もはやあのかわあそびの日のように、私たちの出会いを大袈裟に喜んではくれなかったかも知れない。

九ヶ月の日々は、こうしてまたたく間に過ぎて行った。

しかし、私がO市を去る日が近づいても、彼女は決して私をサン・ミゲルへ案内しようとはしなかった。自動車を持たない私たちにとって、僅か二十数マイルの距離がひどく遠く感じられたというだけではない。できることならば、彼女はその町から、そして、特にそこで小さな床屋を営んでいるという彼女の兄から、逃れたいと願っていたのである。

とりわけ、彼女の言葉を借りれば、「根っからの人種差別主義者《レイシスト》」である親代りの兄の床屋に、私を引き合わせるのが恐ろしい、と折にふれて彼女はいうのだった。

「『安い料金、多くの友達』というのがお店の宣伝文句なんだけど、ほんとうは、兄はメキシカンしか好きじゃないのよ。でも、兄は白人のお客を断ることはできないわ。なにしろ、『安い料金』のおかげで、兄は町でもいちばん愛されているメキシカンの一人なんですから。その代り、兄はメキシカン以外の有色人種が大嫌いだわ。酔っぱらうと、何の理由もないのに、あたしが今にも強姦されかかってでもいるみたいに、きまって口ぎたなく黒人をののしり始めるのよ。人々に愛されるメキシカンびいきの黒人嫌い。兄は日本人を見たこともないでしょうけど、ちょっとディヴァイン先生たちに似ていると思わない」と彼女は私を見上げて訊ねたものだ。

いよいよO市を去らなければならない日が目前にせまったある晩のことである。

「白い百合」とともにディヴァイン家のお別れの晩餐に招かれた私は、生れて初めて口にした強烈なメキシコの透明な酒で、場所柄もわきまえず、したたかに酔っぱらってしまった。燃えるような頭をかかえて、「白い百合」に介抱されながら、私はようやく彼女のアパートにたどりついた。

常になく泥酔した私の胸を、執拗にくりかえしよぎったあの一夜の夢を、私は長いあいだ忘れることができなかった。とうとうその土を踏むことのなかったサン・ミゲルの町が、ひとつの幻となって、めくるめく私のこころにいっぱいに拡がったのである。

不可思議な宇宙のただなかに羽搏いていたその時の私にとって、サン・ミゲルの町は、むき出しの赤土の広大な道路を挟んで、朽ちかけた街路樹と扁平な廃屋の無限の連りの列であった。町の半ばには、石の壁に囲まれた円形の広場が位し、中央に前のめりにのめったひとつの塔が、虚空を突いてそびえていた。

静まりかえったその光景が、不思議なことに、あのC河の潟《ラグーン》の天然の密室とひとつに重なった。そして、いつの間にか、錯雑した意識の中で、私は両腕にずっしりと重い「白い百合」の屍を抱えたまま、赤茶けた土埃の上に立っているのだった。この私自身の手で、絞首台の無慙な綱の輪にぐんなりと吊るされていた彼女を抱き取ったのは、ほんの一瞬前だった筈なのに、目を閉じた彼女の細い横顔が微かに幸せの色をたたえているのは、いったいどうしたわけなのであろう。乱れた純白の着衣からはみ出た彼女の胸のあたりは、確かに私の腕と同じ膚色で、屍にまだ僅かに残っている温もりが、直かに私に伝って来た。

傍らには、彼女に私刑を加えた大男の影があり、目をこらすと、意外にも、それは満面ににこやかな笑みを浮べたディヴァイン博士に相違なかった。優しい仕草で、彼が手にした釣竿を彼女の腹の傷口に突き立てると、一瞬、息絶えた「白い百合」の肉が蠢いて、修道院の内庭にか、それともラグーンの水のよどみにか、点々とあざやかな鮮血をしたたらせるのであった。

それなのに、私の幻想の町の上には、あくまで碧い大空が限りなく拡がり、軽ろやかな風に乗って舞っている彼女の愛する凧が、鈍いモーター・ボートのエンジン音にも似た大自然の静謐な不協和音を、絶え間なく響かせつづけているのだった。

ヘルス・センターの病床で感じた「白い百合」のあのかりそめの美しさが、とうとうほんものになったのだ。もしかすると、凧にはためく凧のうなりは、彼女の屍がもらす幸せの喘ぎなのではあるまいか、とその時私はまったく論理を失った頭で、しきりに考えていたことを覚えている。

数日後、専門分野の訓練を受けるために、私は北部の大都会へ向ってO市を発った。

キャピイの電話は、私が四年余の北部での生活を終えて、ふたたびO市を訪れた時の、懐しさと入り混った複雑なとまどいの気持を、はっきりと思い出させた。まるで過去から突然立ち現れた亡霊のように、親し気に語りかけて来るキャピイの声を耳にしていると、私の脳裡にディヴァイン博士のささやくような早口と、「白い百合」のじっとりと汗ばんだ肉体の感触が同時に甦り、こころをきりきりと痛ませるのである。

もちろん、私はあの地で出会った人々の平穏な日常の確信を疑っているわけではない。だが、もしあのときのとまどいこそ、唯一の真実であったことを認めざるを得ないとしたら、私のあらゆる幸福は根こそぎくつがえされてしまうと、私は考えた。

C河でのかわあそびの日、ラグーンの天然の密室で、そして、サン・ミゲルのまばらな屋並みを遥かに眺めながら語られた博士の真摯な物語りに、何やら疑いめいたものを抱かざるを得ない今の私は、彼の好意への裏切りというより、おのずからあらゆる誠実を否定し、そうすることによって、みずからの真実のすべてをも貶めていることになる。

いや、何よりも、私があの「白い百合」のひたむきな瞳と、私と同じ膚色の素足を、ぜがひでも記憶の片隅に追いやろうとして来たのはなぜなのか。それが私の生涯の、あまりに短すぎる一時の錯覚の幸福にすぎなかったとでもいうのだろうか。

それればかりか、現在の私は、いったい何によって支えられているのであろう。不備きわまる研究所の設備はもちろん、外国語の電話にあわてふためいて、私の晩い帰宅を待ちかねたように笑ってみせた妻の何の疑惑も知らない幸せすら、みずから依り頼むには、実はあまりに脆弱にすぎるという事実を長いあいだ無理にも無視しつづけようとして来た自分を、今こそ認めるべきなのではあるまいか。

正直に告白しなくてはならないが、努力の末に北部の大学でようやく学位をかちえて、意気揚揚と帰国する途上、懐しいディヴァイン博士の診療所で忙し気に立ち働いている「白い百合」に再会したとき、私はいまや彼女に魅せられることを忘れかけている自分を発見したのである。

もちろん、その時、私たちの間には、互いに取りかわしたかずかずの親密な便りがあり、過ぎ去った日々の想い出があった。

それにもまして、私たちが繰り返し文字の上で夢見たあげく、結局は懐中と時間の乏しい者同士の淡い空想に終ってしまったひとつの計画があった。それによれば、私たちはいつかの年の冬季休暇に、彼女の住む南のO市と、私が暮していた北の都会との中間のどこかの小さな村で、文字通りの白い降誕祭《ホワイト・クリスマス》を祝い合う筈であった。北の住民にはただひたすら忌むべきものしかない果てしなく凍てついた積雪も、南の彼女にとっては深い喜びの源になるかも知れないという思いつきが私たちのはかない計画の発端で、万一それが実現していたとしたら、もしかすると現在の私の妻との生活もあり得なかったかも知れない。

今考えると、キャピイからの電話が、たちまち再度私のなかに喚び起した不安の遠因は、ディヴァイン診療所のメキシコ人看護婦の一人として働いていたあの時の「白い百合」が、ふと洩した一言にあったような気がする。

かつてともども無邪気に凧上げを楽しんだハイウエイ沿いの細長い公園で、二人だけの過去や未来を語らいながら、並んで腰を下ろしていたとき、彼女はいった。

「ディヴァイン先生はほんとうに素敵な方だけど、この頃、先生も結局はふつうの白人と変らないんじゃないかと思うことがあるわ。いつだったか、先生と奥さまがパーティへお出かけで、あたしがお宅でお子さんたちのお世話《ベイビー・シター》をしてさしあげたんだけど、何かのきっかけであたしがキャピイの腕を取ろうとしたら、あの子がひどく思いがけないことをいい出したのよ」

白人とメキシカンが腕を組んで歩いていたりすると、みんなに変な目で見られるから、お前は決してそんなことをしてはいけない。たとえ進歩派《リベラル》が何といおうと、それが自分の育ったサン・ミゲルの町の習慣なのだ、と博士は幼い頃から常々キャピイにいい聞かせていたという。

たぶん、私自身をも含めて、異ったものを愛することのほんとうの意味を、そして、人間の善意と憐憫にはおのずから憎悪の種が孕まれていることを、私がはっきりと知らされたのはその時である。

もしあのかわあそびの一日の直後に聞かされたのであったならば、まったく意外な彼女の話に、恐らく私は驚天動地の思いを味わったに相違ない。しかし、その時の私は、むしろ我ながら思いがけないほど、驚きとはあまりに距った冷徹さで彼女に耳を傾けていられる自分自身を通して、O市を離れて以来僅か四年余の年月がもたらしたみずからの変質を、嫌でも透視せざるを得ない破目に陥ったのである。

「白い百合」の言葉は、なぜか私に、町一番の「愛されるメキシカン」である彼女の黒人嫌いの兄を思い出させた。彼女の憧憬を乗せて、澄み切った南西部の大空にはためくひと張りの凧の記憶とともに、ゆるやかなC河の流れに浮ぶモーター・ボートで、和やかに微笑み交しながら、互いに優しく黒人への嫌悪を語り合ったディヴァイン夫妻の様子を、私がまざまざと思い出したのもその時だった。

恐らく、九ヶ月のO市の生活の後、白人の技術者たちに立ち混って暮した北部での日々が私を変えたのである。その間、いわば彼らと競い合う立場の外国人であったにもかかわらず、私が常にディヴァイン夫妻のような善意の人々に囲まれていたという僥倖こそ、かえって私の変質を促した大きな要因であったともいうべきかも知れない。結局、あの合衆国という不可解な社会にあまりに長く留りすぎて、私はとうとうその毒に当てられたのであろう。

私は蕩児でも好色でもないつもりだが、北部の大都会の長い冬が続くあいだ、厚い外套の下で活発に歩を運ぶ女たちの白い脛の美しさに、私は折ある度にうっとりと見とれたものだ。まったく同じ外套であっても、黒い足をのぞかせているものからは思わず目をそむける反応が身についた私は、かつてそれゆえに私を引きつけた「白い百合」の自分と同じ膚の色合いが、その時の私の目にむしろうとましく映ったことを、どうしても否定できなくなってしまっていた。「白い百合」に魅せられることを忘れかけた私には、彼女が生きつづけなければならない場所で「よき市民」でありたいと願っているあらゆる「白い百合」たちを惑わせるものが、あの国の基を作りあげた白人たちの美観と、文化を異にする人々に対する彼らの感性とが、いつの間にか拭いがたく沁みついてしまったのである。

つまり、「白い百合」に似た皮膚を持つ私自身は、それだけ醜悪になっていたばかりか、彼女をも、私と同じ日本人の妻をも、同時に醜さにおとしいれたことになる。

だが、少なくともあの九ヶ月のあいだ、私が清楚に咲き誇る白百合のすべてを激しく愛したことも、そして、これまでも、これからの一生も、恐らくそうした情熱とは無縁であろう妻の平凡な幸せを拒否しきれないでいることも、嘘ではない。

みずからの支柱を喪失し、しかも、自分に変らぬ好意を寄せつづけてくれる人々をすら、いわば一刻の夢として忘れ去ろうと願わなくてはならなくなってしまったこの私は、いつの日か、あのサン・ミゲルの赤茶けた大地で処刑されたメキシコ人たちのように、何ものかの手で罰せられるのではあるまいか。だが、もしそれが私の逃れられない宿命ならば、憐憫と憎悪の入り混った修道院のあんな堅い石の壁の間ではなく、この国の深い山奥に今もなおきっと残されているに違いないどこかの破れ寺の境内で、あの白いものの影ともども、人知れず吊るされたいものだ、と私はひとり胸の裡でつぶやいた。

メリケン屋敷

一

私は高台にある小学校の講堂の外壁にもたれたまま、煙草に火をつけた。

昭和十年代のはじめに建てられたというその木造建築に近く身を寄せていると、最近塗りかえられたらしいペンキの刺戟性の匂いに混って、微かな腐臭がただよって来た。明らかに古い木材が、その内奥ですでに朽ち果てているのだった。建物全体を覆っているま新しい浅黄色のペンキも、はめ板や柱や梁の奥処からにじみ出る不快な臭気を欺くことはできなかった。

夏休みの最中で、あたりは森閑として人気がなかった。広い校庭の北西の隅にあるプールのあたりで、ときどき子供たちの歓声が上がったが、私の位置からは彼らの姿は見えなかった。

眼下には激しい陽光が、町とは名ばかりの鄙びた屋並みの上に燃えていた。校庭から西に見下してほど遠からぬあたりを、南北に県道が走っている。その両側には三十軒足らずの商店が立ち並び、町の目抜き通りをかたちづくっているが、そこから先は反対側から山なみがせまって来るあたりまで、いちめんの青田だった。三十キロ離れた北の中都市と、南へ四キロあまりの温泉場に通じている県道のおかげで、双方に働き手と商品を仲介する土地柄として、町はとりわけ栄えもせず、かといって滅びもせずに長い年月を生きのびて来たのだった。

県道沿いのマルカワ米穀店の傍らから、東へ少しずつ勾配を加えながら僅かに曲りくねっている一本の坂道があった。ある山間の部落へ向う道であるが、それが小学校の裏門をかすめるあたりに、深い木立に囲まれて、今は住む人もないままに荒れ果てた「メリケン屋敷」が、老残の醜い姿をさらしていた。

ありふれた海外旅行を終えて帰国した私がまっさきにこころみたのが、幼いころからしばしば夏の休みを過して来た亡父の故郷の町を訪れることだったとしても、何のへんてつもない話にすぎない。まして、そこを訪れたのが、実は旅行先で再会した幼なじみの思い出を確かめるためだったなどといえば、他人は私のあまりの陳腐さかげんを嘲笑うだろう。

しかし、ニュー・メキシコ州の小都市で、じっさいに「メリケン屋敷」の滝乃——幼いころも、そのときも、タッキーと彼女は呼ばれていた——と再会を果してみると、私は一日も早く彼女の物語の地を、ふたたびこの目で確かめたいという気持にうち克てなくなった。その町は、母と私の暮しを長いあいだ支えるだけの働きを残しながら若くして死んで行った父が、私には記憶がないが、死の瞬間まで常に懐しんだという土地だったばかりか、私自身の生み落されたところであった。

だが、父の故郷の町は、今は死に絶えた滝乃の「一族」や従兄の順之介が、私の人生に僂い翳りを落して通り過ぎて行った一時期を生きた場所でもあったのである。してみると、いつも一人の傍観者にすぎないつもりだった私の前に滝乃によって描き出されたいくつかの場面は、もしかするとこれまでみずからそれと気づかなかった私自身の世界の一部だったのかも知れなかった。

私は額にあふれ出た汗をぬぐったその手で、胸のポケットからもう一本の煙草をつまみ出した。

小さな地震が襲ったのはその時だった。

突然、倚りかかっていた講堂の木組みが不気味な悲鳴をあげ始め、乾いたペンキの断片とも、埃の塊りともつかないものが、頭上からぱらぱらと落ちて来た。プールのあたりで子供たちが叫び、私は思わず講堂の軒下から逃れ出た。大気ににじみ出た崩壊の臭気が、ひときわ強く鼻をついたように思われた。

私の目の下で、町はゆらゆらと揺れていた。まるで目に見えない一陣の激しい突風に見舞われたかのように、町全体がいっせいにざわめき立ち、緑の木立も田の青い稲も、頭を垂れてひとしきり喘ぎの表情を見せた。

もちろん、しばらくして地震は止み、すべては一瞬のうちに旧に復した。だが、私の胸のなかで、町はいつまでも揺れつづけた。

二

「メリケン屋敷」はいつごろから私のこころの片隅に場所を占めるようになったのだろうか。まだ小学生だったころ、私はほとんど一年おきに夏の休みをマルカワ米穀店で過したが、そのたびに屋敷の住人たちの噂を耳にしないことはなかったように思う。

しかし、町の世話役だった伯父は、昼間は商売に精を出し、夜は夜で近所の寄り合いに出かけるか、晩酌の酒に酔って早くから寝てしまうのがふつうだったし、伯母も、都会からやって来た夫の甥をこまごまと構いつけるというタイプではなかった。そのころの私は、さっぱり身体の方は動かないくせに、いつも眼ばかりぎょろつかせている都会育ちだったから、折にふれて交される大人同士のやりとりに、一生懸命聞き耳を立てていたのだろうか。

もし伯父や伯母から聞かされたのでなければ、従兄の順之介の何気ない言葉のはしばしの上に、私はいつの間にか自分勝手な像を作り上げていたのかも知れない。順之介は私と三つ違いだったが、平凡な年月の繰り返しにどっぷりと浸っている田舎の町では、まだ小学生を勉強にかり立てる風潮はなく、おかげで彼は私の夏の日々にとって、なくてはならない指導者だった。彼の無責任な片言隻句が、垢のように少しずつ私のなかに積って行ったとしても不思議はない。

ともあれ、それはよどんだ沼のような町のただ中に、ぽっかりと浮んだひとつの浮島だった。町のひとびとの絶えざる好奇心と、憧憬と、そして、いくぶんの反感に絶えずさらされていながら、それを峻厳に拒否しつづける小さな異郷だった。そこでは、女ばかり四人の何やら秘密めいた生活が、二人の老嬢を中心に、町のひとびとの手の及ばないところで、ひそやかに営まれていた。

マルカワ米穀店から歩いて僅か二十分足らずのその場所が、誰呼ぶともなくいつしか「メリケン屋敷」と呼び習わされるようになったのは、ただそこに一人の外人の老婦人が住みついていたからではなく、まして地理的に町から距っていたからでもなかった。生い繁った樹々に囲まれた二千坪あまりの屋敷のなかには、私たちとはまったく異質な暮しがあると信じられていたのだった。

私がはじめて滝乃の「一族」の姿を垣間見たのは、小学校三年生の夏のことだった。はじめて昆虫採集のまねごとに精出した年で、虫ひとつ採るにも順之介が頼りだった私は、従弟の宿題を口実に、勝手気ままに木立の間を駆けめぐる彼の後を、懸命に追って歩いたことを覚えている。

夏も終りにさしかかったある日、いつものように手に虫網をふりかざした順之介に従って、私は山間の部落に通じるだらだら坂を上り、坂道が小学校の裏門に接するあたりで北にそれる岐れ道に入った。ようやく自動車が一台通れるほどの幅しかなく、石ころだらけのその道が、どこに通じているのか、いわれなくても私はとうに承知していた。

「でっかい木がいっぱいのところへ連れてってやるよ。裏の方に桐の林があってよう、蝉だらけだぜ。いいから、黙ってついて来な」

と順之介は自信たっぷりにいったものだ。

しかし、今から考えると、順之介はまだ屋敷内をそれほど知りつくしていたはずがない。彼の声がこころなしはずんでいたのは、私たちの目的地に足を踏みいれることが、順之介にとってもまたとない冒険を意味したからだったのだろう。

禁断の屋敷そのものは、岐れ道の入口からさらに五分ほど歩いた突き当りにあった。

黒ずんだ火山礫をコンクリートで固めた寸足らずの太い四角な門柱が二つ、互いに五メートルほど離れて、見るからに無骨につっ立っている他、入口を示すものは何ひとつなかった。

しかし、それはまぎれもなく私たちの世界と小さな異郷を画す境界だった。田舎ではめったに見られないペンキ塗りの洋館のたたずまいはもちろんだったが、奇妙なことに、屋敷全体を周囲からはっきりと区別していたのは、その場所の自然だった。もっとも、二階建ての洋館を取り囲むようにして、屋敷よりも高く鬱蒼《うっそう》と生い繁っていた樹木自体は、山あいの町ではさほど珍しいものではない。私がはっきりと違ったものを感じたのは、その下ばえのあたりだった。

門柱から玄関に通ずる小径は、さすがに踏み固められ、黒い土の表面がむき出しになっていたが、小径を除けば、地面はいちめん背の高い夏草にびっしりと覆いつくされ、あまつさえ、木々の幹という幹には、無数の青黒い葛がからみつき、天を目指して執拗に這い上っているのだった。

ただでさえ濃い大木の影は互いに重なり合い、熱気をいっぱいにはらんだ激しい草いきれのなかに溶けこんで、いっそう暗く重い塊りとなってあたりに沈んでいた。涼気を感じさせるかわりに、かえって身体じゅうのあらゆる毛穴からじっとりとした汗を滲み出させるこのような木陰を、私はまだ知らなかった。それはおよそ庭園の一部とは呼び難く、人工の小型の密林に似ていた。首尾よく忍びこんだものの、順之介もいくぶんひるんだ様子で、私たちは背よりも高い雑草の中に身を隠してあたりをうかがった。蟬取りのために出かけたくせに、なぜかその時私の耳が降りそそぐ蟬しぐれを聞いていたかどうか、はっきりとした記憶はない。あり得ないことだが、たしかにその場所にこそふさわしかったのは、すだく虫の音でも、蟬しぐれでもなく、深い沈黙そのものであったことは間違いない。

たぶん私はそこに、人工と自然の奇怪な混淆を見て取ったのだった。田舎といえども、かりそめにも人の棲家である以上、これほど草木を自然のままに跋扈させることは、とうてい並の神経の持主に耐えられる業ではなかった。一見人工の力の敗北のような雑草の、不可解なほどの濃密さには、明らかに屋敷の住人の強烈な意志がひそんでいて、順之介も私も、その人間ばなれした不気味さにひるんだのだった。

「よう、やっぱり止めて帰るべえ。おれ、なんだかきびわりいよ。山の方が蟬は多いし、誰かに見つかって、父ちゃんにいいつけられでもしたら……」

日頃の悪童ぶりに似合わず、思いがけない雰囲気にたじろいで、順之介の声はひどく頼りなかった。

私は不満だった。

「なにいってるの。せっかくここまで来たのに。桐の木まで行ってクマゼミを取ろうっていったのは順ちゃんじゃないか」

もちろん、いつもの私だったら、順之介に促されるまでもなく、狎《な》れ親しんだ夏の陽射しの中へ逃げ帰ったことだろう。だが、順之介の弱音を耳にしたとたん、私はひとつの確信に捉えられたのだった。この奥には、まだ見たことも聞いたこともない、たいそう珍しく貴重な何ものかがあるはずだ。私はどうしてもそれを探し出さなくてはならなかった。

あたりに人の気配のないのを確かめると、私は両手で自分の背よりも高い夏草をかきわけながら、少しずつ屋敷の南側へ向って進んだ。

そうやって、どのくらいのあいだ人工の密林と夢中になって格闘しつづけたのだろうか。突然、ぱっと視野が開けたのと、いつの間にか私の後からついて来ていた順之介のささやきを聞いたのとは、ほとんど同時だったような気がする。

「いけねえ、ミスバタだ。おれ、やっぱり帰るよ」

声こそ低かったが、彼の口調はほとんど絶叫に近かった。

「シーッ」

と私はふり返って順之介を制したが、思いがけない明るさに目がくらんだ。前には広々とした芝生が拡がり、夏の日光を受けて緑一色に輝いていた。私たちは屋敷の裏庭に迷いこんでいたのだった。

ようやく明るさに慣れた私の目は、芝生の真中のあたりでうずくまっている大小二つの人影が私たちの方をふり向くのを見た。ミス・バターフィールドと、まだ幼かった滝乃だった。芝の手入れをしていたらしい彼女たちは不意の闖入者の姿を認めると、意外にもゆったりと立ち上った。

「ミスバタだよう。見つかっただよう。逃げるべえ、よう」

順之介は情ない声を出した。

彼の手がしきりにバンドのあたりを引っ張ったが、私は何ものかに魅せられたように、なおしばらく彼女たちの姿から目を離すことができなかった。

暑いさなかだというのに、ミス・バターフィールドはその長身を踵までとどく長い優雅な白服で覆っていた。頭上にのせたつば広の麦わら帽の陰になって表情はよくわからなかったが、尖った鷲鼻とその上方のくぼんだ眼窩から放たれる鋭い視線がひたと自分に当てられていることを、私は一瞬はっきりと意識した。

青いワンピース姿で彼女の傍らにたたずんでいた滝乃は、どこから見ても当りまえの日本の少女だったが、遠い空のほのかな反映を思わせる目の光だけが違っていた。

ミス・バターフィールドの口が大きく横に裂け、猛禽の叫び声に似た音がそこからもれたときになって、私ははじめてほんものの恐怖に捉えられた。私の知らない言葉で、何ごとか語り合っている彼女と滝乃を尻目に、私は夏草の茂みに逃げこむと、死にもの狂いに順之介の後を追ったものだ。

しかし、ようやく門柱のあたりまで逃げ帰った私たちは、そこにふたたび滝乃の姿を見出して仰天する破目になった。先廻りして私たちを待ち伏せしていた彼女の手には、あわてふためいた順之介が裏庭の草むらに投げ棄てて来た虫網が握られていた。

「あなた、マルカワの順ちゃんでしょ」

滝乃は不自然なほど明瞭な口調でいった。それから私に向って、

「あなた、だあれ。あたしといっしょに遊びたいなら、ちゃんと玄関から訪ねていらっしゃい。そうおばさまがおっしゃったわ」

と少女小説の科白のような言葉を口にした。

言葉を返すかわりに、順之介は荒々しく滝乃の手から虫網をもぎ取ったが、彼女はいっこうに動じないで、

「二人とも、あたしといっしょに来るのよ。お母さまがお茶をさしあげます」

と切口上で私たちに命じた。

「そりゃまずい……そりゃまずいよ」

と順之介はいった。

思ってもみなかった事の成行きに、二人はどぎまぎするばかりで、とうてい抵抗する勇気はなかった。

滝乃に連れられて、私たちは不承不承「メリケン屋敷」の玄関に立った。

一歩中に入ると、何のものとも知れない甘酢っぱい異臭がつんと鼻をついた。静まりかえった屋

内では、玄関ホールの正面に掛けられた大時計の巨大な振り子の時を刻む音が奇妙に高く響くようで、私たちはいっそうおどおどした。大時計の傍らには二階に通ずる階段があり、その中ほどに大きな黒猫が横たわっていたが、ひとしきり私たちをうさんくさそうにねめまわすと、ゆっくり階上へ去って行った。

私たちが靴のぬぎ場を探していると、滝乃はそれをいち早く察した様子で、

「ここは日本の家とは違います。靴のままこっちへいらっしゃい」

私たちは命じられるままにおずおずと応接間のソファに腰を下ろしたが、滝乃のいかにも生意気な口調がかえって私にひとごこちを取り戻させたのはおかしかった。

私はようやく目の前の気取った少女に一矢報いたい気になって、思いつくままに、

「君の家はいやに変な匂いがするなあ」

といってみた。

しかし、滝乃は部屋に染みついた異臭の謎を一言の下に解いてみせた。

「なによ。いい匂いじゃないの。家では毎朝ベーコンを食べるのよ。ベーコンをグリルで焼くとこんないい匂いがするのを知らないの」

その時、茶色の絨緞を踏んで、音もなく姿を現したのがれん女だった。不意の客人のためにクッキーと紅茶を持って来てくれたのだった。両手で四角な盆をささげ持つようにして、ゆっくり歩み寄って来た彼女は思ったより小柄だったが、日本人とは思えないほど色白の顔に浮んだ微笑が、私

にはひどく眩しく感じられた。

「ゆっくりしていらっしゃい」

れん女は張りのある透明な声で私たちにいうと、滝乃に向ってひとしきり私たちのわからない言葉を吐いてから、来た時のようにゆっくりと立ち去って行った。

「アイドンノ、チンプンカンプン」

と順之介がいったが、滝乃は笑わなかった。

礼儀正しく振舞うことも知っていたが、順之介と私はことさらがつがつとクッキーを口へ押しこみ、音を立てて紅茶をすすった。

食べ終ってしまうと、ゆっくりしろといわれても、もう私たちにはすることがなかった。途方にくれて、私はふたたび無意味な質問をこころみた。

「タッキーの家ではいつも英語なの」

「あたりまえでしょ。だって、ここは日本じゃない。アメリカよ」

滝乃は今度もまたたいそうこともなげにいってのけた。

苦渋に満ちた会見からやっと解放されると、順之介は後も見ずに町への道をいちもくさんに駆け出した。私が彼にならったことはいうまでもない。

大粒の汗を流しながら、私たちはさっき来たばかりの道を一気に走り抜け、小学校にたどり着くと、汗まみれのシャツを脱ぎ棄てる間ももどかしく、プールに飛びこんだ。しかし、プールの冷たい水も二人の胸の高鳴りを収めてはくれなかった。

その晩、マルカワ米穀店の二階の六畳間で枕を並べて寝についたときも、私たちの興奮はまだ鎮っていなかった。なかなか寝つけないままに、二人は「メリケン屋敷」をめぐるあれこれをいつまでもたあいなく喋り合ったことを覚えている。

正体はしかとわからないながらも、私はやはりその日、何かひどく貴重なものを見出したような気がした。

三

ベティさんはときどきマルカワ米穀店に買物に来た。長年屋敷に仕えて来たこの中年過ぎの女は、たぶん日本語を解さないミス・バターフィールドの便宜のために、そんな人形めいた名で呼ばれていたのだろう。長いあいだ、彼女は町と「メリケン屋敷」を結びつける唯一の糸だったが、ベティさんの本名を知る者はなかった。

町へ出て来るとき、彼女はいつも乳母車を改造した手押車を押して来た。ベティさんの買物はたいてい同じだった。屋敷では食物までいっぷう変っていたらしく、彼女は決って持参の乾しトウモロコシを粉に挽かせ、人々の嫌う外米ばかりを布袋に詰めさせた。

彼女はただの使用人にすぎなかったから、いわば町の者と対等のはずだったが、伯父は「奥さん」と呼んで、彼女のために製粉機を動かしたり、布袋を手押車に積んだりした。そのあいだ、ベティさんは無駄口ひとつ叩くでもなく、ちょうど止り木に止った小鳥のように、小さな身体を店先の堅い木製のベンチにじっと沈めているのだった。たまに来合わせた町のおかみさんたちが何かと話しかけても、彼女はただ曖昧にうなずいて見せるばかりで、連中がいちばん知りたがっている屋敷うちの事柄については、いっこうに口を割る気配を見せなかった。私はそんな様子を目にするたびに、ベティさんもまた、間違いなくあの人工の密林の向う側の住人であることを思い知らされた。

しかし、どこから洩れたのか、ベティさんの寡黙さを嘲笑うかのように、噂は噂を呼んで拡がっていた。小学校の高学年になる頃までには、私も町の人々と少くとも同じ程度に屋敷の由来を知るようになった。

「メリケン屋敷」の主人がれん女であること、それにもかかわらず、彼女たちの浮世離れした生活を支えていたのが、ミス・バターフィールドの莫大な財産らしいという点で、町の人々の意見は一致した。意見が分れるのは、常に二人の老嬢の関係をめぐってだった。

要するに、私たちはメリケン屋敷の住人たちが確かにそこでひそやかに暮らしていることはわかったが、彼女たちが日々いったい何を喜び、何を悲しんでいるのか、かいもく見当がつかなかったのである。

幼いころ、私が理解したところでは、「メリケン屋敷」も決してはじめから町の中の異郷であったわけではない。

アメリカとの戦争が始まる六年前に建てられてから、れん女たちが住みつくまでの凡よそ七年のあいだ、町――まだ村と呼ばれていたが――の人々、とりわけ順之介や私の祖父の代だったマルカワ米穀店と屋敷との間には、一種の親密な関係が保たれていたらしい。

当時、屋敷はさる船成金の男爵の別荘で、私たちの祖父は地元の世話役としてその建設に協力して以来、ごく自然のなりゆきで、留守中の別荘の管理役を引き受けるようになった。毎年夏ともなると、屋敷では女子学習院の生徒だという令嬢たちの華やかな笑い声が聞えたそうだが、祖父は近隣の人々を動員して彼女たちのために雑草刈りや芝の手入れに精を出した。つまり、万事に鷹揚な都会の旦那衆と素朴な田舎者との間の善意の信頼という仮面の下に、互いに利用したりされたりするごくありふれた利害関係が成立していたにすぎない。

れん女がベティさんを伴って移り住んで来たのは、大戦が始まってまだ一年足らずのことであった。その年の夏、「時局がら避暑は望ましくないので」という簡単な口上を寄せて来たきり、とうとう姿を見せなかった男爵家の人々にいわば肩すかしを喰らった私たちの祖父が、突然黒塗りの自動車でやって来たれん女たち一行の扱い方にとまどったのは当然だろう。

そして、そのとまどいこそ、「メリケン屋敷」の二人の老嬢がついにそこで奇怪な死を遂げるまでの二十余年間、かつての偽善めいた信頼感に代って、町の人々が屋敷に対して抱きつづけた感情の基調をなすものとなったのである。

もっとも、れん女の引越しがのっけから世間の常識をまったく無視したものだったというわけではなかったようだ。彼女はあらかじめ屋敷とマルカワ米穀店の特別な関係を承知していたらしく、その日のうちに、祖父は、黒塗りの自動車に同乗して来た白髪の紳士と連れ立ったれん女の訪問を受けた。彼女はいろじろの面に絶えず静かな微笑を浮べていたそうだが、喋ったのはもっぱら紳士の方だった。弁護士の肩書きと東京の事務所の住所が刷りこんである名刺を差し出すと、彼はれん女たち――れん女「たち」というのがミス・バターフィールドをも意味していたことを、まだ祖父は知るよしもなかった――の財産を管理させてもらっている者だが、という前置きで、老嬢たちが男爵から屋敷を居抜きで買い取ったことを述べ、見知らぬ土地で何かと気苦労の多い女世帯のために、丁重な言葉で祖父の格別の好意を乞うたという。

しかし、せっかくの祖父の「格別の好意」はほどなく繰り返し裏ぎられる破目となった。

家財道具を積んだトラックが到着した時、助力を申し出てさり気なく拒絶されたのが最初である。もっとも、その時は例の白髪の弁護士の息子と称する若者がトラックに乗って来て、運転手とともに僅かな荷物をまたたく間に運びこんでしまったから、手がじゅうぶん足りていたというのも嘘だったわけではない。

だが、男爵家の持ちものだったころと同様な庭の手入れを申し出て断わられ、ベティさんが庭の一部を掘り起して野菜作りを始めたことを知って差し出した助力の手が振りはらわれるといったことが何度かつづいてみると、祖父もむしろ町との接触を最小限に止めたいというれん女の意志を、次第に認めざるを得なくなった。

　要するに金がないか、あってもひどく吝嗇なのだろう、というのが町の人々の最初の反応だったが、二千坪あまりの屋敷を居抜きで買い取ったというのがほんとうなら、それは下世話の当て推量以上のものではなかったのかも知れなかった。

　ともあれ、こうして町に居をかまえたれん女の暮しぶりが、はじめから何やら遁世めいたものを感じさせたらしいことは否めない。戦争の最中とはいえ、それはまだ国をあげて緒戦の勝利に酔い痴れていた頃のことだったそうで、彼女の転居は明らかに空襲を恐れての疎開というわけではなく、かといって女身ひとつで田舎に隠居するには、まだ三十代の後半のように見えた――実際はすでに四十も半ばを少し廻っていたらしい――れん女は、町の連中のあいだにあまりにあでやかな印象を残している。

　はじめの頃、北の中都市から呼びつけたハイヤーでどこかへ出て行くれん女の姿を見かけた者は多い。たいがいは翌日か翌々日、ふたたびハイヤーで屋敷へ帰って来るのだったが、彼女は町を離れるとき、前もって駐在さんに報告を怠るわけにはいかない――つまり、れん女は警察の要注意人物なのだという噂がささやかれたのもその頃のことである。

　世の中に戦時色が深まるにつれて、町の人々の屋敷への関心は、反感から静かな好奇心へ、そしてことさらな黙殺へと微妙に変って行った。自分たちが生きるのに精いっぱいで、とうてい他人の生活に構ってはいられない時代の当然の成り行きだったのであろう。

敗戦の年、マルカワ米穀店では祖父が死に、まるで入れ替るように、疎開先の離れで母は私を生み落した。もちろん私には父の記憶はないが、こうして私と父の故郷の町との絆はいわば切っても切れないものとなった。

「メリケン屋敷」の動向にあらためて町の注目が注がれたのは、同じ年のことであったらしい。そろそろ冬の気配が感じられた十一月のある晴れた日、一台のアメリカ軍のジープが県道からそれて、高いエンジン音を響かせながら、山間の部落へ通ずる坂道を上って来た。小学校ではちょうど昼の休みで、裏門のあたりで停ったジープを垣根に鈴なりになって見物していた子供たちは、おぼつかない足どりで降り立った外国婦人が落ちくぼんだ眼窩からしたたり落ちる涙をぬぐおうともせずに、石ころだらけの道の真中で、走り寄って来た「メリケン屋敷」のれん女と固く抱擁し合うのを見た。

生前のミス・バターフィールド——町ではもっぱらミスバタと呼ばれた——がその姿を町の連中の前にさらしたのは、それがほとんど唯一の機会だったといわれる。いわば当時の日本の大君であったマッカーサー将軍のように、その後彼女は「メリケン屋敷」の不可視の女王として町の者の想像の中に君臨することになるのだが、実はそれがすでに二人の老嬢たちが共有して来た永い過去の生活史の、単なる連続の部分にすぎなかったことを、そのとき誰が推察し得ただろう。

ジープには例の白髪の弁護士が同乗していて、彼は律義にも、ふたたび祖父亡き後のマルカワ米穀店へ、その折は単身で挨拶に出向いて来たという。もっとも、だからといって祖父の後を継いだ伯父が、れん女たちのために特別の便宜を計ったとはいえないようだ。伯父の性格のせいもあったのだろうが、もはや地元のいかなる干渉もあり得ないほど老嬢たちはますます遁世ぶりを深めて行き、その一方では、町の生活を飛び越えて、目に見えない糸のようなもので、町の人々の想像を越えた遠くはるかな何ものかとしっかり結びついているのではないかと思われた。

ミス・バターフィールドが「一族」に加わってからというもの、「メリケン屋敷」にはしばしば——といっても、せいぜい数ヶ月に一度ほどだったらしいが——決った顔ぶれの客が訪れるようになった。彼らは東京から二百キロの道のりをはるばるやって来ながら、僅か一時間足らずを屋敷で過すと、早々に引き上げて行くのが常で、口さがない町の連中はさっそく「ミスバタ定期便」という仇名をつけた。それには、時節がら、たぶん客たちが運んで来るに違いない豊かな米軍の食糧についての、多大の羨望の念がこめられていたのはもちろんである。だが、戦後の混沌とした時代に、ことさら日本人とともに住むために田舎町までやって来たものずきなアメリカの老婦人に対する憐憫と疑惑も、いくぶん含まれていなかったわけではない。

東京からの定期便は、ミス・バターフィールドを送りとどけて来た米軍将校のジープで始まり、時の流れとともに少しずつ姿を変えた。ジープはやがてカーキ色のアメリカ軍の乗用車になり、将校の同乗者も、いつの間にか白髪の弁護士から、彼の息子だという若い弁護士に変った。朝鮮半島の戦争が起るころには、「若先生」が一人でアメリカ産の中古車を運転して現れるようになっていた。見るからに軽薄そうなこの男は父親と違って、屋敷の訪問を終えると、よく四キロ南の温泉町の旅館へ上って遊んだ。ミス・バターフィールドとれん女をめぐるかずかずの怪し気な噂のいくつかは、彼が酔いにまかせて温泉宿で喋りまくった話に端を発したらしい節がある。

噂のひとつによると、れん女はアメリカ仕込みのピアノ教師で――そういわれてみると、屋敷には確かに男爵家のグランド・ピアノがあるはずだった――ミス・バタフィールドとは、少女時代ニューヨークに留学した時以来の特別な仲だというのである。ミス・バターフィールドが故国を捨ててれん女を取り、手すさびにさる女子大の英語講師をしながら日本に永住の決心をした一方、戦争中も帰国を拒否して外人キャンプに収容された彼女を、れん女はもちろん見棄てたりはしなかった。人々はれん女が屋敷に住みついたばかりの頃、ときどきハイヤーでどこかへ出かけて行ったことを思い出したが、こうした噂が単にありふれた国際美談として解釈されるには、二人の老嬢をとりまく密林の陰影は、すでに暗く妖しい色彩を帯びすぎていた。もし二人がただ少々人嫌いの老嬢たちにすぎなかったのなら、なぜ国境をも、時代をも超え得たみずからの善意の物語を誇らし気に語らなかったのだろう。なぜ町の人々はこの美談からさえ、背徳の匂いに似たおぞましさを嗅ぎとったのだろう。

ともあれ、「ミスバタ定期便」が運んで来た最大の荷物が、滝乃という少女だったことはいうまでもない。混血児の施設から連れて来られたとき、彼女は二歳の誕生日を過ぎたばかりだったという。

それにしても、老嬢たちがその秘かな王国に滝乃という若い生命を迎え入れた意図ほど、不可解なものはない。それがじっさいにどのようなものであったにしろ、はたから眺めている限り、彼女たちの隠遁生活は明らかに過去の上に構築されていて、「メリケン屋敷」の住人が生きている現在は、いわば過去の中でのみ息づいている虚構の現在でしかないように見えた。そんな彼女たちが、いったい滝乃にどのような未来を夢見得たというのであろう。実の娘のように滝乃をいつくしみ、育くむことで、世の常の親ごころと同じ日々の慰めを見出しているにしては、長年にわたってもっとも近い隣人たちを拒絶しつづけて来た老嬢たちの峻厳な意志力ほど、そうした平凡な安らぎの境地と相容れないものはないと思われた。

四

中学に入って二度目の夏、私は一年ぶりに父の故郷の町へ出かけた。

その夏、私はいつになく退屈していた。久しぶりにやって来はしたものの、蟬も樹々ももはやとりわけ私の興味をつなぎとめてはくれなかった。従兄の順之介はとっくに高校生になっていて、それまでの夏休みのように、終日私を相手に遊び暮らすというわけには行かなかった。私は彼に放って置かれたことも不満だったが、いつの間にかすっかり飼い慣らされて、マルカワ米穀店の実直な後継ぎ息子の役を嬉々として演じている様子は、私に対する一種の裏切りのように思われた。お互いに一人っ子同士で、長いあいだほんものの兄弟のように思いこんで来た順之介が、まだ十七だというのに、饐《す》えた米糠の匂いと鈍い精米機の響きに埋もれた一生に早くも安住してしまうとは——と、非力な自分を棚にあげて、生意気にも私はほとんど彼を軽蔑しかかったほどである。

たぶん、私は単調な夏の日々の明け暮れに、あらためて沈滞しきった田舎町の空気を発見しはじめる中途半端な年齢にさしかかっていたのだろう。暑いさなかに、いかにもいそいそといったありさまで、重い米袋を秤に載せては、目を細めてじっと目盛に見入っている順之介の姿に接すると、私の退屈はつのるばかりだった。せっかくの夏休みを過しに、自分が幼い頃から何度もわざわざそこへやって来たことが信じられないような気持で、一日も早く東京へ帰ろうと心を決めながら、私は理由もなくぐずぐずと帰京を一日延ばしにしていた。

その日、そろそろ夕食どきだというのに、伯父と順之介を乗せた軽四輪が南の温泉場へ急ぎの配達に出かけてしまうと、私はぶらりと外に出る以外にすることがなかった。

折からの夕焼けで、小学校のプールは血のような真紅に色どられていた。私は傍らの石段をゆっくりと上り、人気のない高台の校庭へ出た。

目をやると、西方の山なみのかなたに没しかけた夕日の輝きがひときわあざやかで、夏の青田の拡がりに投げかけられた山々の漆黒の陰影と美しい対照をなしていた。その影が刻々と長さを増し、県道ぞいの家々を今にも包みこもうとしているさまに、思わず一日の退屈を忘れて眺め入ったとき、突然、私は背後から声をかけられた。

「あなた、マルカワの順ちゃんの従弟のひとじゃない」

一瞬私は全身の毛が逆立つほど驚いたが、振り向くまでもなく、たちまち声の主を覚ったのは我ながら不思議だった。あれから彼女の姿を何度か遠くから見かけたことはあったにしろ、あまりにも明瞭すぎる音と音との間に微かに不自然な響きの散りばめられたその声こそ、順之介とともに「メリケン屋敷」に忍びこんだ幼い日の記憶のなかでも、もっとも忘れ難い部分だったからであろう。

滝乃は校庭に置き去りにされた跳び箱の上に横ざまに腰を下ろし、さして長くもない両足をぶらぶらさせていた。夕闇がせまっているというのにまるで警戒心をどこかへ置き忘れて来たような彼女の様子は、私に懐かしい幼な友達に出会ったような錯覚を抱かせた。

「タッキーじゃないか。今ごろこんなところで何をしてるの」

滝乃の方に歩み寄りながら、私は無遠慮にいった。

彼女は答えずに、

「ねえ、東京ってどんなところ」

といきなり訊いて来た。

少しずつ薄れて行く夕焼けの空の下で、深い色をたたえた滝乃の大きく見開いた瞳が、派手やかに輝きながら私を見つめていた。

私は絶句した。

しばらくの間、二人は無言のまま、暮れなずむ眼下の町を眺めやっていたような気がする。

やがて、沈黙に耐えられなくなった私が、

「君んちといえば、いつもあのでっかい黒猫を思い出すなあ。あいつにじろっと眺められた時は、ほんとにぞっとしたぜ」

私の言葉をきっかけに、滝乃は急に雄弁になった。

「ミーズルズのことでしょ。嫌らしいやつ。名前からして嫌らしいわ。英語ではね、ミーズルズって麻疹のことよ。ずっと昔、おばさまが麻疹にかかったことがあって、その頃から飼い始めたんですって。それでそんな不潔な名前がついてるの。もちろん今のは三代目か四代目でしょ。でも、あのひとたち、それからずっと同じような雄の黒猫を飼っているらしい……ほんとにあなたのいう通りよ。あの猫はあのひとたちの世界の一部なんだわ。だから、私にはどうしてもなつこうとしない……」

私は滝乃の激しい口調に驚いた。彼女の言葉を借りれば、それまで私は滝乃こそ「メリケン屋敷」の不可分の「一部」とばかり思いこんでいたから、彼女がみずからの「一族」を非難めいた口調で語るのがたいそう意外だった。もしかすると、滝乃は老嬢たちの孤島にひっそりとかくまわれ、いつくしみ育くまれたおとぎの国の王女ではないのかも知れなかった。

「おばさま」というのがミス・バターフィールドを意味することを私はすぐに覚ったが、階段の上からあたりを睥睨《へいげい》していた老いた黒猫と屋敷の不可視の女王には確かに似かよったものが感じられ、互いに重なり合って、私の記憶の中にひとつの不気味な映像を結んだ。

滝乃は堰を切って落された急流のように、「メリケン屋敷」の暮らしのあれこれを語りつづけて、止まるところを知らなかった。

コーン・ブレッドやアップル・ソースやミート・ローフなど、私には珍しくとも屋敷の住人にとってはまったく決りきった献立の三度の食事。ほとんど執拗なまでに念入りな芝の手入れ。何年かに一度、女手だけでするいかにも不器用な部屋部屋の壁のペンキ塗り。れん女の奏でるピアノの音。ミス・バターフィールドが好んで朗読する詩や聖書の一節。飽くことなく語られる老嬢たちのアメリカ時代の思い出話。そして、夕食後、はやばやとそれぞれの部屋に引き上げて別々に過す長くて暗い夜。

滝乃によれば、それは傍目にはただの単調な日々の繰り返しにすぎないのに、老嬢たちにとっては、どうやらそうした単調さそのものを他人から守りつづけることこそ、いわば必死の努力に価する生きがいなのだ、というのだった。

ときどき相槌を打ちながら、私はなぜか聞いてはならないことを聞いているような気がして不安になった。まだ中学二年生だった私は、滝乃と二人だけでいること自体にうしろめたさを感じたり、胸をときめかせたりするほど早熟ではなかったが、その時の彼女が異常に興奮していたことが嫌でも理解できたせいだったのかも知れない。

「君の家では、今でもいつも英語を喋ってるの?」

話題を変えたいと願って、私は訊くまでもない質問をした。答は決っているだろうから、外国語が自然に覚えられるなんてうらやましいな、と追従めいた軽口を叩くつもりだったのだ。

彼女はいった。

「もちろんよ。だって、あそこは日本じゃない。アメリカよ」

私は確かにかつて同じ科白を耳にしたことがあった。

だが、幼い頃と違って、滝乃はほとんど叫ぶようにつけ加えた。

「でも、あそこにあるアメリカは、あのひとたちだけのアメリカなのよ。私にはちゃんとわかる。あんなアメリカ、世界じゅう探したって、ありっこないわ。ほんもののアメリカにだって、あるもんですか。あそこのアメリカは麻疹《ミーズルズ》なのよ。あの老嬢《オールド・メイズ》たち、若い頃の麻疹がまだ治らないのよ。あんなところにいたら、私まで麻疹にかかってしまう」

見ず知らずとはいえないまでも、幼年のころ以来かつて親しく口をきいたこともない自分に、なぜ滝乃がこのようにあらわに感情を吐露するのか、私は先ずあやしむべきだったのかも知れない。しかし、彼女の言葉が意味しているものをじゅうぶんには理解できないままに、その興奮だけにはいつの間にかすっかり染ってしまっていたらしい未熟な私は、思わず早口の言葉の端を聞きとがめて、

「だって、あそこって、君の家のことだろう。あそこにしかないアメリカなら、君だって、やっぱりあそこにしかいないアメリカ人じゃないか」

私は滝乃の答を憶えていない。憶えているのは、彼女がはじけるように跳び箱から地面に降り立ったことだけである。気がつくと、滝乃の両手が私の左右の二の腕をしっかりと摑んでいた。

二人が向い合って立ったままの姿勢で、どれほどの時が過ぎて行ったのだろう。滝乃が力まかせに手を打ち振るのにつれて、私の両腕は時計の振子のように無抵抗に前後に揺れた。彼女の指の爪が喰い入っている二の腕のあたりに、私は微かな痛みを覚えた。

滝乃は泣いていた。

じっと私を見入っている彼女の瞳から湧き上ったものが、大粒の涙となって次々に頰を流れ下って行く瞬間、そのひとつぶひとつぶがあざやかな夕焼けの色を映していたことを、私はつぶさに目にしたように思う。

やがて、滝乃は私の胸になかば顔を埋めて、幼女のようにしゃくり上げて泣いていた。こころもち猫背の丸い肩が小きざみに震えるたびに、先刻までの張りつめた感情が彼女の全身から抜け落ちて行くさまが手に取るように感じられ、呆然と見守る私の目の前で、滝乃はまたたく間に気弱く、か弱いあたりまえの少女に変貌した。

「ごめんよ。僕、なにか悪いことをいっちゃったらしいね」

と私はようやくいった。

しかし、その時になって、私は抗いがたい困惑に捉えられた。いったい、私の一言がどうして彼女をこれほど傷つけたのだろう。あの「メリケン屋敷」にしかないアメリカというのがほんとうなら、その正体はいったい何なのか。そもそも滝乃は何から逃れようとしているのか。それとも、私自身うんざりしているように、実は彼女の混血児の血が退屈な田舎町の生活に飽き足りなくて騒いでいるというだけなのだろうか。

私の困惑を感じ取ったのか、滝乃はつと私から離れると、後ろを向いて、まるで男泣きに泣いた後の屈強な若者のように、むき出しの腕で何度か涙をぬぐった。ひどく可憐なものが、懸命に何ものかの重圧に耐えようとしている姿だった。

今こそ慰めの言葉をかけなくてはならない、とわかっていながら、私はどうしてもそのひとことを思い浮べることができなかった。

「ごめんなさい。私、帰るわ」

つぶやくように、まだ涙の入り混った声で滝乃はいった。

だが、いったい私に何を謝っているのだろう。彼女はほんとうはどこへ帰ろうとしているのだろう。私にはわからないことだらけだった。

「家まで送って行こうか」

と私はかろうじていったが、それはわれながらぶざまな言葉だった。

滝乃は不思議な光をたたえた瞳をふたたび私に向けてはくれなかった。せまって来た夕闇の中をうつむいてひとり立ち去って行く背中のあたりに、私は少女の羞らいと、そして、それゆえの私への静かな拒絶を見とどけたように思って、彼女を追って踏み出した足を止めた。

翌朝の九時すぎ、マルカワ米穀店の二階の六畳間で朝寝坊をきめこんでいた私は、伯父に叩き起された。

　重い瞼を開いてみると、いつも私を起しに来る順之介のすまなそうな顔と並んで、見るからに不機嫌な伯父の赤ら顔が私を見下していた。常にないことだったので、私はびっくりして蒲団の上にはね起きた。

　それを待ちかねていたように、「メリケン屋敷」の娘がいなくなったぞ、おまえ、あの娘に何をしたのか、と伯父の大声が降って来た。

　あっけにとられている私に向って、伯父の大声は続けて、ここは狭い土地なのだから、少しは世間体というものも考えることだ、とひとしきり叱責の言葉を並べ立てた。

　私が黙ってうつむいていると、今度は順之介に向って、

「順、よくいい聞かせてやんな」

という声を最後に、荒々しく階段を踏み立てる足音が階下へ去って行った。

　私は順之介から事の次第を聞いた。

　滝乃が家出したというのだった。

　その朝マルカワ米穀店へやって来たベティさんによれば、滝乃らしい少女が古びた小さなトランクを提げて、前夜十時前に三十キロ北の中都市に向って町を発つ最終バスを待っているところを、確かに見たという者があった。いっそう確かな情報として、夕暮れの小学校の校庭で滝乃と私が抱き合っていた——と目撃者の目には映ったのだろう——というので、他に原因を思いつかないまま、

屋敷では私が滝乃の家出に一枚かんでいるのではないかと疑ったらしい。

「マルカワさんには先代さまのころからかくべつご厄介になっておりますから、何は措いてもご相談申し上げようと思いまして」

そんなベティさんの遠慮がちな口の裏に、もしかすると滝乃がマルカワ米穀店の離れにでもいるのではないかという思惑がちらついたことが、とりわけ伯父を怒らせた原因だったのだという。

私はうんざりした。

もちろん、身の証を立てるために、私は順之介に前日の出来事を打ち明けざるを得なかったが、不満はつのるばかりだった。私が話しているあいだ、順之介が、

「そりゃ、まずかったよう」

としたり顔でしきりに相槌を打つのも不愉快なら、私が当然従兄と同じ感情を頒け持っているはずと信じて疑わない彼の善意の確信も気に食わなかった。

「あのタッキーがなあ」

順之介は私を慰めるつもりか、町の連中のあいだにすっかり定着していた滝乃の評判をくどくどと語るのだった。

それは私もすでに何度も耳にしたことがあり、要するに、町の小学校と中学では、滝乃は「メリケン屋敷」の娘だけあって、いつもアメリカ製の垢ぬけした服を身につけていることと、ひどく友達づきあいが悪くて、学校が終るとまっすぐ家に帰ってしまい、クラブ活動にも土地の行事にも

いっさい参加しようとしないのが変っていることを除けば、ごく目立たない平凡な女生徒として通っているというものだった。

そんな噂は嘘だ、嘘に決っている、と私は胸の裡で叫びつづけた。

「あそこにしかないアメリカ」で育った少女が町の学校へ通うことがどんなことか、滝乃の胸にどんな苦しみが隠されているか、順之介みたいなにわか仕立ての孝行息子もどきにわかってたまるものか。ほんとうは自分自身なにひとつ理解できなかったのに、私はひたすら順之介を、そして、「メリケン屋敷」に向けられたあさはかな田舎町の好奇心を憎悪した。

順之介が何気なく漏らした一言はたちまち私の怒りを爆発させた。さんざん二人で話し合ったあげくだというのに、彼はふと猟奇的な眼ざしで私の顔をのぞき込むと、

「それにしても、あんた、ほんとうにあの娘に飛びかかっちまったんじゃねえだろうなあ」

といったのである。

伯父に弁解ひとつしようともしないで、かたくなに心を閉じたまま、私はその日のうちに東京へ帰った。


滝乃の事件があっけなく片づいたことを私は順之介からのはがきで知らされた。家出してわずか三日後、彼女は例の弁護士親子に伴われて大人しく町へ戻って来たのだという。

そのありふれた結末に、ひとりよがりな自分の心の高ぶりを冷笑されたような気がして、どうせ

あんな退屈な町のことさ、なにひとつ変るはずがないんだ、と私はふてくされて考えた。

五

その後七年半もの長いあいだ、私はとうとう父の故郷の町を訪れなかった。

マルカワ米穀店では、私が高校卒業まぎわの二月のある寒い夜、伯父が脳卒中で急死したが、大学受験を間近にひかえていた私は、望むと望まないとにかかわらず、葬儀に出席することさえできなかった。

しかし、だからといって、少なくとも伯父の死までの五年間は、町の噂や「メリケン屋敷」の近況を耳にする機会にまったくこと欠いていたというわけではない。

私が町へ出かけて行くかわりに、高校を出て本格的に家業に取り組み始めた順之介は、年に一、二度は東京へ遊びに来るようになった。もっとも、遊びに来るといっても、かくべつ悪所に足を踏み入れるでもなく、ただ私と連れ立って映画を見に行ったり、私の都合がつかない時は一人で繁華街をぶらついたりするのが楽しいらしく、二、三日そうして息ぬきをすると、ふたたび饐えた米糠の匂いの中へ帰って行くのだった。そんな従兄の様子は、今やどこから見ても温厚で実直な田舎の米屋の跡取り息子だった。

「ときどき東京へ出て来るところを見ると、順ちゃんだってやっぱり都会の灯が恋しいんじゃないの」

　順之介が上京する度に、私はこういってからかったものだが、もちろん彼はむきになってそれを否定した。

「誰だって時代おくれになりたかないよう。だけんど、俺はあんたら都会の根なし草たあ違う。『地縁』ってものを馬鹿にしちゃいけないぜ。あんただって年を取ったら田舎に住みたいだら。お互い『地縁』で繋っているだよ。あんたがいつ帰って来てもいいように、『地縁』を大事にするのが俺の役目さ」

　というのがその頃の順之介の口癖だった。どこで聞きかじったのか、「東京だってしょせん巨大な田舎にすぎない」という決り文句をさかんに振りまわしながら、彼はそれに気づかない私のような哀れな都会人のためにも、田舎暮しのほんとうの意義についてまくし立てるのだった。じっさい、まじめに家業に精出しているばかりでなく、彼は町の青年団の活動でも次第に指導的な役割りを果しつつあるように見えた。

　いつの間にか、ひところ心底から軽蔑したつもりになったことも忘れて、私は彼の地道な信念にむしろ好感を抱くようになっていた。もちろん、だからといって、もはや退屈な田舎町へわざわざ休みを過しに行きたいとは思わなかったが、祖父も伯父もそうだったように、やがて町の有力な世話役になる順之介の姿が目に見えるようで、私はそんな彼に一種の頼もしささえ感じた。

　彼の意見によれば、滝乃の家出事件も、結局は「メリケン屋敷」の不自然な孤立に由来するひずみのひとつの表れにすぎなかった。あの夕刻、日頃あれほど友達づきあいの悪い滝乃が他ならぬ私に真情を打ち明けたのは、たぶん私が「地縁」の者でありながら、まったくこの町の人間ではなかったからだろう。いわばこの事実ほど老嬢たち「一族」の不安定な存在を示すものはないというわけで、彼の口ぶりでは、祖父の時代にそうだったように、いつの日か「メリケン屋敷」を「地縁」とやらに組み入れる以外に彼女たちのほんとうの幸せはあり得ないと、どうやら本気で信じている様子だった。

「断って置くけんど、俺、タッキーに惚れてるからいってるわけじゃねえよ。誰かさんに悪いもんな」

いつも二人で大笑いして幕となった。そんなところは、やはり私たちは仲の良い従兄弟同士だった。

町を訪れなかった長い年月、滝乃と私はとりわけ接触のあるはずもなかったが、何年かに一度は思い出したように年賀状を取り交した——「タッキーにあんたの住所を教えてやったのは俺だってこと忘れるな」とこれも当時の順之介の口癖だった。

もっとも、私の方は平凡な学校生活で、とりたてて報告することもなく、滝乃の年賀状もただ型通りの挨拶を記したものにすぎなかった。それでも私は、少なくとも彼女もまたあたりまえの日本の少女のように町の中学と高校を卒業するまでは、「お母さま」も「おばさま」も元気なこと、つまり、「メリケン屋敷」も滝乃自身もいっこうに変らないまま、時だけが澱んだ町の空気とともに平穏に過ぎていたらしいことを知らされた。

しかし、今から振り返って見ると、もし当時の私がもう少し鋭い観察眼を具えていたら、たとえ順之介の言葉の端々からでも、老嬢たちの厳然とした秩序が徐々に揺ぎ始めている兆しに気づいたはずである。

マルカワ米穀店で伯父が死んだ年の十二月、思いがけず一通の外国郵便が私宛てに舞い込んだのである。滝乃からのクリスマス・カードだった。

「九月からアメリカの大学に入りました。もうあの町には帰りたくありません」

滝乃のボールペンの文字が記されたカードには、それがアメリカ風なのか、一枚の色刷りの写真が刷りこんであり、見知らぬ外人の家族に囲まれた滝乃の幸せそうな顔が、私に笑いかけていた。

滝乃の写真を手にして、私がいくばくかの寂しさを感じなかったといったら嘘になる。こんな時、もし昔の順之介ならば、ちくしょう、タッキーのやつ、とうとうほんもののアメリカ人になりやがった、とでもいったことだろう。だが、その順之介も、伯父の死後、彼一人の腕にかかって来た家業のきりまわしに忙しいのか、絶えて上京して来る様子を見せなくなった。

ともあれ、こと自分に関しては、町をめぐる劇はこれで幕を下ろしたのだ、と私は考えた。順之介は「地縁」の世界で堅実な生活を築いて行くだろうし、私は私で、伯父の法要が行なわれた際ですら、受験勉強から解放されたせっかくの休みを抹香くさい田舎の行事に費す気にはなれずに、町とは正反対の方角へ、面白おかしくスキー遊びに出かけたのだった。

そして、たぶん順之介の期待に反して、町と「メリケン屋敷」とを結ぶ細い糸となったかも知れない滝乃が恐らく永久に去った今、老嬢たちはますますその不可解な小宇宙を閉ざし、町はいつまでも澱みきった日々の明け暮れを繰り返す以外にないように思われた。

確かに、滝乃からのクリスマス・カードは私にとってひとつの時期の終焉を象徴していた。私は返事を書こうともせず、こうしてさらに二年あまりの時が過ぎ去って行った。

六

すでに終ったと信じていた劇の舞台がふたたび急旋回に廻り始めたのは、私が大学の最後の学年を迎えようとしていた春のことである。三つ違いの従兄の順之介は二十四歳で、南の温泉町の仕出し屋の娘と婚約中だった。

三月下旬のある夕刻、珍しくかかって来た長距離電話を受けてみると、こちらの番号を確認する交換手の声につづいて、ほとんど三年ぶりに耳にする順之介の声が流れて来た。以前に較べるといくぶん太みを帯びた感じで、ひと通り律義に無沙汰の挨拶をのべてから、

「突然でなんだけんど、あんた、久しぶりでこっちへ来れないかね。どうせ今頃は春休みで、学生は閑だら。実は、今ここに『メリケン屋敷』のタッキーさんがいるんだけんど……いや、去年の

年末にミスバタが……」

としばらくいいよどんで、

「ミス・バターフィールドが亡くなって、ちょっと騒ぎだっただけんど、タッキーさんもそういうわけで正月過ぎに帰って見えてね。それ以来お屋敷と親しくさせてもらっているんだけんど、さっきあんたの噂をしたら、ぜひあんたと話したいっていうもんで……」

順之介に代って電話口に出た相手は、私の名を確かめもせずに、

「びっくりしたでしょう。私、タッキーです」

と細い声でいきなりいった。

中学生のころ夕焼けの下でだしぬけに話しかけられた時にも増して、意外といえばあまりにも意外で、私はしばらく返す言葉を思いつかないでいた。滝乃は町からも私からも永久に去ったはずだったし、だいたい、七年半も昔に夕暮れの小学校の校庭で別れてからというもの、私は彼女と親しく言葉を交したことさえなかったのだから。

最初に私を襲ったのは、ちょうど彼女の家出事件の後に感じたような、永遠に姿を消し去ったと思いこんでいたこの上なく大切なものが、いつの間にかたいそうあっけなく元の場所に戻っていることを知った時の、なんともあっけらかんと白けた思いだった。だが、まるであたりをはばかってでもいるかのような低い声の下でも、ひどく明瞭な音と音との間に微かに不自然な響きが散りばめられているその口調は、間違いなく私が覚えていた滝乃のものだった。そう気がついたとたん、あ

の真紅の夕焼けの下で私の二の腕を痛いほど摑んだ彼女の掌の感触の記憶と、長い疎遠の後でいったい何をことさら私と話したいのかと強く訝かる気持とが、胸底から湧き上るようにあらためてどっと来た。

滝乃はそんな私の感情の動きに気づいたはずもなく、言葉をつづけて、

「おばさまが亡くなって、母は一人ぼっちになってしまったでしょう……」

おや、ではベティさんはどうしたのだろう、と私は聞きとがめたが、口には出さずにいると、

「私が帰って来るまで、マルカワさんにはすっかりお世話になってしまって……。今でも毎日立ち寄って下さるんですけど、でも、もしできたら、あなたもぜひ来て頂きたいの。ほんとうは、相談に乗って頂きたいことがあるんです。勝手なんだけど、あなたなら、昔のこともあって、もしかしたらこちらへ来て下さるんじゃないかと思って……」

昔のことといわれても、私たちの間には僅かにあの夕刻の出会いと、取り交した二、三の年賀状があるにすぎなかった。しかし、その時の滝乃の声はそんないい方をさほど唐突と感じさせないほど、いわば思いつめた嘆願に似たものが含まれているように聞えた。

正直にいえば、何ひとつ事情がわからないままに、私は浅はかにもたちまち滝乃の願いを聞きとどけたい気になってしまい、わざわざ私が出かけなくても、順之介というかっこうの相談相手がいるはずだということを忘れてしまった。

やがて滝乃に代ってふたたび電話口に出た順之介に、そのうちそちらへ行くつもりだと答えなが

ら、その実、私は翌日にもさっそく東京を発とうと心を決めていた。

七年半ぶりに訪れた父の故郷の町で、私はわずか一晩を過しただけで東京へ逃げ帰った。もう早春だというのに、北から吹き込む風が西南に連なる山脈に突き当って進路を変え、町をすっぽりと包んでいた。短い滞在のあいだ、ときどき狂ったように地面を走り抜けて行く冷たい風はとうとう吹き止む気配を見せなかった。

その夜マルカワ米穀店でたまたま町の青年団の世話役たちが寄り合いをしていなかったら、私は事前にまったく予備知識を与えられないまま、滝乃と対面する破目になったかも知れない。数年ぶりに会った順之介は、少なくともこと「メリケン屋敷」に関しては、たいそう寡黙な男に変貌していたからである。

裏の離れでひとりテレビを楽しんでいた伯母に挨拶をすませてから、私は順之介にいわれるままに、五、六人の町の青年たちに混って座った。どうやら寄り合いの用件はとうに片づいていたらしく、彼らはビールと酒をちゃんぽんに飲みながら雑談しているところだったが、私が飛び入りで席に加わったこともあって、話題は次第に町の政治問題から順之介の身辺へ移って行った。

まだ時計は七時半を少し廻ったばかりだったというのに、青年たちはすでにかなり酩酊している様子で、やがて誰かが少しろれつの廻らなくなった舌で私の名を呼び、

「あんた、順ちゃんのほんとの従弟だら。それだったら、ちょっくら忠告して置きたいことがあ

るだよ。余計なことだけんど、我らの青年団長と来たことには、どうやらこのごろ『メリケン屋敷』にすっかり腑抜けにされちまったらしい、とまあ俺はひそかに思わないこともないわけで……」

私が返事をできないでいるうちに、他の一人が、今度はやや演説口調で、

「いや、ミスバタの葬式を出した時には、順ちゃんの日頃の『地縁』論の勝利だと、俺は思ったね。『メリケン屋敷』という植民地を、順ちゃんはわが町に奪還しただよ。だけんど、俺たちの仲だから、正直にいうがね、タッキーはいけねえよ、順ちゃん。あれは町のもんの顔をした外人だぜ。あんなもんに入れあげたら、温泉場の××ちゃんはどうなるね」

と順之介の婚約者の名をいった。

順之介はそれに答えて、

「俺はタッキーなんかに惚れちゃいねえぜ」

と押し殺した声で一言だけ反駁すると、じっと中空を見つめるような目つきをした。

私は順之介のうつろな目つきが気にかかった。

そういえば、先ほどから彼だけが口数少なく、青年たちが陽気に勝手な論議をしている間も、ほとんど表情を動かそうとしなかったし、腕ぐみをした彼の手の前に置かれたコップには、なみなみと注がれた酒がいっこうに減らないまま残されているのだった。

そんな彼の有様はかつて私が知っていたどの順之介とも違っていた。幼年時代の野放図な腕白ぶりでないことはもちろん、私がいっとき不信を抱いたほどあまりに完璧だった律義いっぽんの実直

な後とり息子でもなく、かといって、青年団の団長としてことさら大人ぶりを装っている風にも見えなかった。

しかし、酔客たちはそんな私の思惑をいっこうに構いつけず、ミスバタの死をめぐる順之介の勝利と敗北について、そして、彼の「メリケン屋敷」への耽溺ぶりについて、彼らのいわゆる事実を次々とあげつらっては、口々に大声で意見を開陳するのだった。

おかげで私はここ数ヶ月のあいだのさまざまな出来事の大要を知ることができた。

青年たちによれば、事件のそもそもの発端は、正月の松飾りが取れたばかりのころ、「メリケン屋敷」のベティさんがマルカワ米穀店を訪ねて来たことであったという。

ベティさんは両手に提げていた風呂敷包みを店先の木製のベンチの端にきちんと置くと、何度も深々と頭を下げながら、思いがけないことをいい出した。

「町の皆さまにも長いあいだいろいろとお世話さまになりましたが、わたくし、今日お暇を頂くことに致しましたので、ひとことお礼を申し上げたいと思いまして、うかがいましたんでございます。わたくしが居なくなりますと、奥さまはずいぶんご不便のことと存じますが、どうぞ後をよろしくお願いしたいんでございます」

町ではベティさんも「メリケン屋敷」の不可欠の一部と見なされていたから、順之介をはじめ、その場に居あわせた人々が驚いて訳を訊くと、彼女はうっすらと眼に涙を浮べて、

「もうどうしても我慢できないんでございます。わたくし、見てしまったんでございます。恐ろしいんでございます」

と繰り返していったという。

北の中都市に向うバスがやって来るまでのわずか数十分足らずの間だったが、人々に問い詰められたようなかっこうで、ベティさんは遂に長年の沈黙を破って、彼女が「見てしまった」ものについて、その断片を披露せざるを得なくなった。それは町の連中にとって、「メリケン屋敷」の住人自身の口から、はじめて明された陸の孤島のありさまだった。

半年ほど前から、ベティさんはミス・バターフィールドの健康がめっきり衰えたことに気づいていたが、十一月に入って寒さが酷しくなると、彼女は床についたままになった。しばらくのあいだれん女と交代で食事や下の世話をしていたベティさんが、れん女からミス・バターフィールドの居室に入ることを禁じられたのは、そろそろ月が代って十二月になろうとしていた頃であった。病人が自分以外の誰とも会いたがらないから、というのがれん女の口上だった。

れん女は三度三度の食事を持って二階のミス・バターフィールドの病室に入ると、ほとんど終日そこで過すようになった。

だが、ベティさんが異常に気づくまでに時間のかかるはずもなかった。せっかく彼女が毎回ミス・バターフィールドの為に用意した食物——といっても、ごく少量のスープやシリアルだけだったそうだが——が、まったく手をつけた様子もないまま、からからに干涸びて台所に下げて来られるようになったからである。

思いあまって廊下でひそかに立ち聞きしてみると、案じた通り、扉ごしに僅かに聞えて来るのはれん女のつぶやきばかりで、ミス・バターフィールドはすでにものいわぬものと化してしまったのではないかと思われた。

「ベティさんが屍臭に気づかなかったのは変だら。だけんど、無理もねえ。あの屋敷はごみためみてえなへんてこな匂いがいつもぷんぷんしてたっていうからよう」

と青年の一人が私にいった。

ベティさんが決定的な光景を目撃したのは大晦日の午後であったという。階下の大掃除をすませた後、二階の処置についてれん女の指示を仰ぎたいと思って、病人の部屋の扉をノックしたが、いっこうにれん女の返事がないので、彼女は思い切ってそっとノブを廻してみた。こわごわ覗きこんだ彼女の眼に映ったのは、二人の老嬢たちがひとつベッドの上で、同じキルトにくるまって横たわっている姿だった。

静かな寝息を立てているれん女の顔と、腐爛した醜悪な物体となりつつあったミス・バターフィールドの頭部との異様な対照が、一瞬にしてベティさんの心臓を凍りつかせたことは想像に難くない。

もしベティさんの言葉がほんとうなら、れん女は一ヶ月あまりもミス・バターフィールドの屍を抱いて寝ていたことになる。人々はその有様を想像して戦慄した。

長年のあいだ老嬢たちの夢の世界を守ってあげるのが仕事だったのだから、あの方たちがたとえどんな夢を見続けようと自分の知ったことではないし、女同士で同じ床に入っても——老嬢たちがまだ若かったころ、それは必ずしもベティさんの目から隠されなければならない秘密というわけではなかったらしい——とりたてていうべきこともないが、ただ、

「亡くなった方といっしょにお寝みになるのは、これぱかりはどうしても困るんでございます」

とベティさんは別れしなに身を震わせながら語ったという。

ベティさんが町を去った後、順之介の打った手がいかに適切で当を得たものだったかについては、青年たちの意見は一致した。

先ず、直ちに派出所の警官を伴って屋敷に乗り込み、れん女を説得してミス・バターフィールドの埋葬に同意させた——死体の搬出に手を貸した物見高い青年たちも、さすがになかば白蠟化したミスバタの顔を正視するに耐えられず、こうして彼女は文字通り永遠に不可視の女王として町の墓所に葬られることとなった。

一方、順之介はつとに町では知らぬ者のない例の老嬢たちの弁護士を呼びつけて、すべてを内々におさめることに成功したばかりか、あれほど町の連中の手をかたくなに拒みつづけて来た「メリケン屋敷」から出た最初の葬式いっさいを取りしきったのである。当日にはミス・バターフィールドがかつて奉職した東京の高名な女子大学の関係者や、れん女の旧華族の弟子たちが、少数ながら

わざわざ町まで出向いて来たという。

その限りにおいては、青年たちがいう通り、確かに順之介はかねてからの理想に従って、町の中の不可触の異郷をみずからの「地縁」の世界へ見事に「奪還」したのだった。だが、青年たちが揶揄を交えながら批判するのは、彼らの言葉を借りれば、順之介の打ち込み方が少々「常識はずれ」で「度をすぎている」点にあるように見受けられた。

滝乃が急遽帰国するまで凡そ十日間、一人とり残されたれん女のためにあのお化け屋敷に泊りこんでやったり、婚約者の家の仕出し屋から弁当をさし入れさせたりした親切は認めてやってもいい。しかし、そのあいだかんじんの自分の母親にさんざん忙しい思いをさせたり、寂しがらせたりしたのは片手落ちというものではないか。まして、帰って来たタッキーは前にも増して「地縁」など振り向きもしないというのに、なぜ彼は相も変らず「メリケン屋敷」に日参しなくてはならないのか。

酔っぱらった青年たちの議論は果しなく続いたが、私はそれを聞きながらしながら他のことを考えていた。棄て科白めいたベティさんの言葉が正しいとすればのことだが、ミス・バターフィールドが現実の一箇のものいわぬ物体となってしまった時、れん女にとって、彼女がかえって昔の若々しい姿で甦ったらしいという人間のこころの不思議を、私は自分なりに理解できるような気がしたのである。

それは確かに倒錯した世界のえもいわれぬ酸鼻に満ち満ちていた。だが、れん女がその瞬間に狂ってしまったと断ずるには、老嬢たちはもともと私たちとはまったく尺度を異にする空間に住んでいたので、ベティさんによってはじめて明された光景というのは、もしかすると彼女たちのひそやかな小宇宙の最後の燃焼の炎なのかも知れなかった。

その夜、客の最後の一人が立ち去ってから、私は順之介に「メリケン屋敷」へ連れて行かれた。

「ちょっくらつき合ってくれると有難いんだけんど。毎日一度は必ず様子を見に行くと約束したもんで、あのひとは今日もまだきっと待っていると思ってよう」

と彼はいった。

口ぶりは穏かだったが、酔ってもいないのに、見るとその眼が据わっていた。

時計はすでに十時を廻っていて、女所帯を訪問するにしてはいささか常軌を逸した時間のように思われたが、順之介の態度にはうむをいわせないものがあった。

外に出ると、先ほど青年たちの勧められるまま度を過したビールのためか、東京から列車とバスを乗りついでやって来た昼間の疲れが一気に出た感じで、口をきくのもおっくうになった私は、日頃の彼らしからぬ非常識さかげんを、胸のなかで罵倒した。

タッキーのことを親し気に「あのひと」なんて呼びやがって、と私はくやしまぎれに考えた。だいたい、あのタッキーが、単純素朴を画に描いてぶら下げたみたいな順之介の「地縁」哲学とやらに洗脳されるとでも思っているのだろうか。要するに、人の弱味につけこんで善意をほどこしているうちに、ミイラとりがミイラになって、役がらもわきまえずタッキーに惚れちまっただけではないか。

屋敷まで二十分足らずの道のりを、懐中電灯の光をたよりに、私たちは黙々として歩いた。山間の部落に通じるだらだら坂を上り、小学校の裏門のあたりで左へそれて、石ころだらけの小径へ入ると、「メリケン屋敷」はもう目と鼻の先のはずだった。その時、私はそれまで自分でも意識さえしたことのなかったみずからの心の動きに気づいてはっとした。

どうやら私は順之介を嫉妬しているのだった。「メリケン屋敷」にとっての決定的瞬間に立ち会い、みずから進んでいっさいを処理したあげく、とうとうこんな夜更けに滝乃から来訪を期待されるようになった彼の立場が、その時の私にはふたつと得難い貴重な特権としか思われなかったのである。だが、もしそうなら、この私自身、滝乃に「惚れて」いることになってしまう。

もちろん、私はそんな考えを直ちに否定しようとした。だいいち、私が知っている最近の滝乃といえば、二年前にアメリカからもらったクリスマス・カードの小さな写真以外にないということは、まぎれもない事実だったのだから。しかし、こと滝乃に関するかぎり順之介に理解できるはずがないと勢いこんだ先刻の自負に似た感情や、彼女の声を耳にしただけで、七年半も疎んじて来た町へ飛んで来た前夜来の自分の行動は、どのように説明したらよいのだろう。

黒々とした巨木の影の間から洩れる屋敷の灯を目にした時も、さまざまな思いが宙ぶらりんに胸のどこかに引っ懸り、私はまだ気持を整理することができないでいた。

そのせいか、順之介のノックに応えたのが滝乃ではなかったことが、私にはたいそう意外に感じられた。

「タローさん、やっぱり来て下さると思っていたわ」

という張りのある透明な声とともに、勢いよく扉を開いたのは、みまがうべくもなく、れん女その人だった。

むぞうさに束ねた彼女のつやのない白髪が、うす暗い電灯の光に照し出された。

彼女は身をすり寄せるようにして順之介に近づいて来たが、背後に立っている私の姿を認めると、両眼を大きく見開いて、二、三歩後ずさるような動作をした。そんなれん女のそぶりは、まるで逢引きの現場を見つかった古風な少女が驚きと羞恥をその五尺足らずの全身で語ってでもいるようで、私は訳もなくどぎまぎした。

「メリケン屋敷」の内部は、なにもかも幼年時代の思い出の通りだった。順之介に続いて玄関へ入ると、先ず何のものとも知れない甘酸っぱい異臭がつんと鼻をつき、同時に耳にはゆったりと時を刻んでいる大時計の振子の音が聞え、あまつさえ、階段の半ばあたりには、毛のふさふさとした太った黒猫がもの憂そうに横たわって私を見下ろしていた。もし扉を開いてくれたのが滝乃で、これから私たちの前に不意に姿を現すのがれん女だったなら、その場の風景は何もかも完璧のはずだった。

だが、いうまでもなく、そうしたひとつひとつの表しているものが今や昔とは途方もなく異質なものと化していることを、私はたちまち覚らないわけにはいかなかった。主人を失った老猫は私たちを認めても、もはや立ち上ろうとさえしなかったし、屋敷の壁という壁には恐らく単なるベーコンの匂いばかりではなく、一ヶ月あまりもれん女が同衾しつづけたというあのものいわぬミス・バターフィールドの腐臭が、いちめんに染みついていたのである。

順之介があらためて私を紹介しはじめた時、ちょうど私の記憶の中の彼女たちの役割りを取り換えたかのように、茶色の絨緞を踏んで音もなく姿を現した滝乃が私に目礼した。

だが、れん女はいっこうに気づかない様子で、私にちらと眼を当ててから差しそうにうつむくと、

「まあ、タローさんのお従弟さんでしたの。それでは、タローさんから、もう私たちのことをお聞きになったのね」

と年とは不釣り合いな若やいだ声でいった。

タローさんというのはいったい誰のことだろう、と私は彼女の言葉の意味をはかりかねて、思わずその細おもての顔をのぞきこむようにした。

白髪といい、顔いちめんに刻まれた皺といい、それは確かに七十近い老女のものだったが、日本人ばなれした色白の頬にほんのりとさした血の色は昔よりもむしろいっそうなまめいた感じで、とりわけ二つの薄い唇は奇妙になまなましい赤味を帯びているのだった。

私はなぜかぎょっとした。老いさらばえた老婆ならいざ知らず、このような誰の目にもはっきりと脈打っている肉体を持ったものが、腐爛した死体と褥を共にし得るほど夢の世界に沈溺するなどということが、ほんとうにあってよいのだろうか。

順之介がれん女の質問を引き取って、

「いや、まだなんにもいってないんだけんど、とにかく一度あんたに会ってもらおうと思ってよう。それで、今夜はまあ、やっと従弟にいっしょに来てもらっただけんど……」

すると、

「いやよ、タローさん。私、早くかたちだけは整えていただきたいの」

とれん女はふたたび奇怪な言葉を吐いた。

それを耳にした瞬間、突然ひとつの暗い予感のようなものにとり憑かれたのは不思議である。それは体内のどこか小さな一点から突如として芽を吹き、たちまちのうちに胸いっぱいに拡がって、私の思考を混乱させた。

しばらくの間、二人は滝乃と私の存在を忘れ去ったかのように、互いに相手の目にひたと見入ったまま、次から次へますます奇怪な会話を交し合うのだった。二人の間を飛び交うひとつひとつの言葉は、私の想像力をはるかに超える内容を孕んでいて、私は理解しようとする努力さえすることができないまま、ただ呆然として耳を傾ける以外になすすべを知らなかった。

よく聞けば聞くほど、それはあるときはとしはも行かない少年少女の陳腐な初恋の科白めいて聞え、あるときは結婚を約した幸福な男女の真摯な愛の告白のように響いたが、いずれにしろ、れん女と順之介の間ではそもそも決して取り交されるべくもないはずの言葉だったのである。

滝乃の声で私は我に返った。

「さあ、今夜はタローさんも来て下さったし、これでゆっくり眠れるわね。もう遅いから、お引き取り願った方がいいわ」

と彼女はあやすような口調でれん女にいってから、あの深い光をたたえた瞳を私に向けて、ものいいた気に肯いて見せた。

別れしなに、七十近い狂女と二十四歳の若者が、まるで映画のなかの恋人たちのように、うす暗い電灯の下でしっかりと抱き合うのを、私は確かにこの目で見とどけた。

臆病にも、私は翌日の朝できるだけ早く町を逃げ出して東京へ帰ろうと心を決めた。さもないと、今度は他ならぬ私自身の番で、「メリケン屋敷」そのものか、それともタッキーという「町のもんの顔をした外人」娘か知らないが、何か抗いがたい妖しい魅力の虜になって、この小さな異郷の異臭を放つ壁の中へ生身をそっくり吸い取られてしまうのではないかと、私は理不尽な恐怖でいっぱいになった。

帰途、順之介はぽつんといった。

「昔タッキーが家出したことがあっただら。あの時、タッキーに飛びかかったのか、と訊いたら、あんたひどく怒ったっけなあ。だけんど、ほんとうのことをいえば、俺は今もう少しであのひとに飛びかかっちまいそうだよう」

折から地表低く走り去った突風が、彼の言葉の最後のあたりをさらって行ってしまったが、「あのひと」というのが滝乃ではなくれん女であることは、もはやあらためて問うまでもないように思われた。

順之介によれば、「タローさん」というのは、れん女がまだミス・バターフィールドと出会う前に儚い思いを寄せた大学生か何かであったらしい。ベティさんに去られ、ミス・バターフィールドの遺体が片づけられて、長年の陸の孤島の生活に終止符を打たなくてはならなくなり、他方では彼女との倒錯した愛憎の羈絆《きずな》から今や完全に解放された時、れん女は目の前にいた順之介を相手に、ミス・バターフィールド以前の「タローさん」との偽りの幸せを夢見始めたのだろうという。

はじめそれを百も承知の上で哀れな狂女のために恋人役を演じてやっていた順之介が、いつの間にか役の虚構を忘れ去ってしまったどころか、彼自身「タローさん」になり代り、こともあろうにその人と化し切って、相手を激しく恋慕するに至った不気味な心の動向は、私にはとうていうかがい知るべくもなかったし、知りたくもなかった。

だが、順之介や自分も含めて、町といささかでも関わりある人々で、「メリケン屋敷」をかつて憧憬のまなざしで眺めなかった者が一人でもあるだろうか、と私は考えた。順之介のような善意の律義者でさえ遂に魂を奪われてしまったのだから、私をはじめ、好奇心ばかり旺盛で意志薄弱な連中は、遠くから眺めているだけならばとにかく、ひとたびその実体に触れたとたん、ひとたまりもなく腑抜けにされてしまうのではなかろうか。だいいち、かつてあの人工の密林に迷いこんだ幼い私がひしひしと感じたように、「メリケン屋敷」の不可解な魅惑の大半は、いっさいの外界を拒否しつづける老嬢たちの妖怪じみた強靭な意志力そのものにあったように思われた。そうとすれば、そんな屋敷へしたり顔で踏み込んで行った順之介が、とうとう彼女らの目に見えない太縄でがんじがらめに縛り上げられてしまったとしても不思議はない。それを狂気と呼ぶなら呼んでもいい。昔のタッキーならば、きっと「ここは日本じゃない。アメリカよ」とこともなげにいったことだろう。しかし、その時、私は頭の中をめまぐるしく駆けめぐっているものをとうてい口に出すことはできなかった。

「でも、順ちゃんはタローさんじゃないんだろう。医者に見てもらった方がいいよ」

私にいえたのはそれだけだった。

たぶん、滝乃の頼みというのも、この一言を私にいってもらいたいということ以外にあり得ない、と私は勝手に解釈した。すでにその忠告をした以上、ますます私が町に留っている必要はないのだった。

順之介と肩を並べて暗い夜道をゆっくりとたどりながら、私はれん女の赤い唇と滝乃の瞳の光を脈絡もなく思い浮べては、訳もなく脅えたことを覚えている。

七

夜更けに「メリケン屋敷」を訪れてからおよそ二ヶ月後の五月末のある朝、れん女は死体となって町の小学校のプールに浮んだ。

夢遊病者のようにそのあたりをうろついては滝乃に連れ戻されるれん女の姿は、すでにいく度も町の連中の見かけたところだったそうで、老いた狂女の事故死を疑う者はなかった。

滝乃が今度こそ永久に町を去るために、間もなく太平洋を渡って行ったことはいうまでもない。老嬢たちの死で莫大な遺産を受けることになった彼女は、惜し気もなく広大な「メリケン屋敷」を捨て去り、早々に町を出て行ったということだった。


私はそんなすべてを、六月下旬に行なわれた順之介の葬儀の席で聞いた。れん女が死に、滝乃が去ってから僅か数週間後のことだった。

彼はマルカワ米穀店の裏庭の物置で、梁にしっかりと結びつけた一条の縄にみずからを吊し、縊死して果てたのである。

梅雨模様の糠雨が降りそそぐ日で、人々は「メリケン屋敷」への湿り切った呪咀を口々に吐き棄てたが、さすがに順之介とれん女を結びつけて考える者はなかった。どうやら彼の自殺の原因は、滝乃への失恋の痛手らしいというあたりに落ち着いたように見受けられた。

その後、伯母は店をたたんで海岸の老人ホームへ入り、こうして私と父の故郷の町との絆は、共同墓地に立ついく基かの墓標を残すだけとなった。

私が順之介の死の真相を聞いたのは、それからさらに八年後、アメリカの小都市で滝乃と再会した時のことである。

「メリケン屋敷」の崩壊以前と同様、私たちのあいだにはいつの間にか思い出したようにときどき季節の挨拶を取り交す平穏な習慣が復活していたので、アメリカ各地を旅行する機会があったのを幸い、私は思い切って彼女のニュー・メキシコ州の住居を訪ねたのだった。

八年の歳月はいわれのないあの夜の恐怖を洗い流すのにじゅうぶんだったし、私はすでに滝乃を避けずにはいられないほど若くもなかった。当然のことながら、何事もなく流れて行く月日がすべてを単調な日常のからくりに組みこんで行くにつれて、私はむしろ自分と滝乃しか知らない偽りの恋人たちの関係を、彼女と静かに語り合ってみたいと願うようにさえなっていた。

実際に会ってみると、滝乃もまた同じ気持だったらしく、私たちはたんたんと思い出を語り合ったが、その二時間ほどの間に、彼女はたったひとつだけ、私のまだ知らなかった出来事を明してくれた。

れん女は順之介の手にかかって殺されたのだというのだった。恐らく「タローさん」の恋の成就を待ちかねたあげく、深夜ひそかにれん女の寝室に忍び入った順之介は、狂気の甘いささやきに抗しきれず、とうとう「飛びかかって」しまったのであろう。

「人間て不思議ね、気が狂っていても、あんな時には正気に戻るものなのかしら」

と滝乃はさして不思議でもなさそうにいった。

七十歳の血を現実に乱そうとする者のあるのを知覚した瞬間、老婆のあるべき姿を取り戻したれん女は、あの透明な声を張りあげてせいいっぱいの抵抗をこころみようとしたらしい。

滝乃が駆けつけた時には、順之介の手に固く口を塞がれたれん女は、すでにぐったりと息絶えていたように見えた。二人の着衣が乱れていたので、彼女はその光景の持つこの上もなくおぞましい意味合いを嫌でも一目で理解しないわけには行かなかった。

錯乱した順之介はいっこう滝乃に気づかない風で、やがてやにわにれん女の屍を抱きあげると、五月の冷たい月光に濡れた戸外へ出て行くのを、滝乃はもの陰から震えながら眺めていたという。彼がなま暖かい屍をプールに投げこもうとしたとき、幼かった私たちが屋敷から逃げ帰って飛びこんだ夏の日の白雲でも、滝乃とともに語り合った夕刻の真紅の空の色でもなく、その澱んだ水面はいったい何を映していたのであろう。

別れ際に滝乃はさり気なくいった。

「あそこにしかなかったアメリカも、あのひとたちにとってはたった一つのアメリカだったのね。でも、実際にほんもののアメリカで暮していると、あんなアメリカだって、この辺りのどこかにほんとうにあるような気がして来るわ」

そういえば、その時私が訪れた「メリケン屋敷」のタッキーの家は、底なしに澄み切ったニュー・メキシコの大空の下で白ペンキの明るい外観を誇っていたというのに、知ってか知らずか、室内にはやはりあのつんと鼻をつく異臭が染みついていた。そこで彼女はアメリカ女性のルームメイトとたった二人で暮らしているということだった。

やがて滝乃が黒猫を飼いはじめ、年老いたら、今度は私が彼女の「タローさん」になるのかも知れなかった。

I ♡ TEXAS

ちょっと気恥ずかしいが、表題は「アイ・ラヴ・テキサス」と読んでいただきたい。若者たちのTシャツをはじめ、車のステッカーや街角の立看板など、ここテキサスのそこかしこに氾濫している他愛ないスローガンである。だが、こっそりと白状すると、実は、私自身、このことばを長年こころのなかでつぶやきつづけてきたような気もする。

幸か不幸か、もう私はそんなTシャツを身に着けた若者たちと喜怒哀楽をともにするほど若くはないし、陳腐なスローガンを鵜のみにできるような素朴な精神は、とうの昔に失ってしまった。だが、二〇年前、当地で四年半あまりの学生生活を送った若い頃の私は、この地方からほとんどかぎりない影響を受けたといってよい。そんなわけで、昨秋から一年間のテキサス再訪をこころみている私にとって、「I ♡ TEXAS」は、今にいたるまで若干の感傷をそそりつづける標語なのである。

テキサスの最大の魅力は、何といってもまず光と空間である。広大な空と土地といいかえてもいい。快晴の日には、深海の紺青を張りつけたような大空から、豊かな日光が惜しげもなくふりそそぐ。しかし、この空はけっして単調な青一色に彩られているわけではない。冬期には、「ブルー・ノーザー」と呼ばれる冷たい北風が突然吹きこんできたかと思うと、ほとんど一時間足らずのあいだに万物が凍りついてしまったり、夏は夏で、空いっぱいにひろがったさまざまなかたちの雲の豪快な演技を楽しむことができる。四季を問わず、突如として雷鳴をともなった激しい嵐が襲ってくることもある。テキサスの空はかぎりない変化に富んでいて、見る者を飽きさせない。

いうまでもなく、テキサスはアメリカ合衆国の一州にすぎない。しかし、南北でいえば、合衆国の南端、東西でいえば、メキシコ湾に面してちょうど大陸の中央に位置し、アラスカを除けば、アメリカ最大の州で、その面積はわが国の全土より広い。したがって、一口にテキサスといっても、「ヒル・カントリー」と呼ばれる起伏に富んだ中央部や、森林と湖の豊かな北東部や、どこまでもひたすら平坦な南東部や、荒涼とした西部など、多様な地形が存在している。

だが、たぶんそこに共通しているのは、高層建築が建ち並ぶいわゆる「ダウンタウン」を別とすれば、特別な自然保護地域はいうまでもなく、都市の中でさえ、手つかずの豊かな自然が残されていることだろう。もちろん、昨今は御多分に漏れず、ここでも環境汚染問題がかしましく議論されていないわけではない。しかし、たとえば、日本ならそれだけで名物になってしまうかもしれないような古木が、ごくあたりまえの住宅地に、ごくありのままの姿で、鬱蒼と繁っている様子を目にして羨ましく思わないのは、よほどのへそまがりか、買い物だけに夢中の日本の観光客だけなのではなかろうか。

たぶん、広さと、豊かな自然そのものなら、北米大陸の他の地域にも、アフリカにも、オーストラリアにも、南米にもあるだろう。テキサスの魅力のひとつは、広大な空と土地のすみずみにまで、そこを生活の場として選んできたひとびとのきわめて強固な意志と決意が刻みこまれていることである。良くも悪くも、テキサン（テキサス人）たちは合衆国の中でも特有な彼らの歴史と文化に、格別な誇りを抱いているが、その激しい歴史意識が、風景のひとこまひとこまに浸透しているのではないかとさえ思われる。

しかし、私のような自意識過剰で、いつも他人の目を気にしている日本人には、テキサスの自然も歴史も、呆れかえってしまうほど、すべてがまったくあっけらかんとしているように見える。テキサス州議事堂はオースティン市のダウンタウンにあるが、その正面入口には常に六つの異なった国旗が飾られ、大きなドームのてっぺんから見下ろせる議事堂の中央の床にも、それらを象徴する六つのエンブレムがデザインされている。こうして彼らは、テキサスの領土がこれまで六つの異なった国々――フランス、スペイン、メキシコ、テキサス共和国、アメリカ合衆国、アメリカ連合国（南北戦争時の南部連合）――の覇権のもとに置かれてきたという複雑怪奇な過去を、あっけらかんと誇示しているのである。国民の愛国心をそそろうとして、まことしやかに「万世一系」などというへりくつを捏造し、みずからの同質性を強調しなければならないどこかの国とは、歴史意識と誇りの持ち方に、どこか根本的な相違があるように感じるのは私だけだろうか。

ハワイ州を別格とすれば、テキサスはアメリカの他のどの州とも違って、メキシコ領だったころに入植したアメリカ人が一八三六年に独立をかち取り、その後約十年の間、曲がりなりにも独立国だったことがある。テキサスにひるがえった六つの国旗を自慢する心理と矛盾するようだが、テキサンたちはそんなことは意に介せず、かつての「テキサス共和国」を特別な誇りのよりどころとしている。「アメリカ革命」と呼ばれる合衆国のイギリスからの独立になぞらえて、彼らがメキシコからの独立を「テキサス革命」と呼ぶことが、その何よりの証拠だろう。広大なテキサスの開拓に従事したパイオニアたちの汗と涙とともに、独立のために流された血を記憶にとどめながら、アメリカ独立期のさまざまな愛国的な故事と重ねあわせるようなかたちで、テキサス独自の英雄像がつくりあげられたように見える。

したがって、その頃を記念する事物は数多く、大切に保存され、テキサスの開拓と独立の英雄たちは、この州の多くの公園や、都市の通りにその名を残している。スティーヴン・オースティンは、一八二一年、まだメキシコがスペインから独立したばかりのころ、「オールド・スリー・ハンドレッド」と呼ばれる最初のアングロ・サクソン移民三百家族をひきいて、当時はまだメキシコ領だったテキサスに入植した指導者だが、州都オースティン市は彼にちなんで名づけられた。

また、ダラス市とならんで州最大の近代都市ヒューストン市の名称は、テキサス共和国の初代大統領に選ばれた独立の英雄、サム・ヒューストンに由来している。テキサスがアメリカ合衆国に併合されてその一州となった一八四五年以降も、連邦上院議員や州知事をつとめたヒューストンは、当地ではほとんどジョージ・ワシントンと名声を競い合うほどの大物といっていい。ジョージ・ワシントンの住居だったワシントン郊外のいわゆる「マウント・ヴァーノン」に比べると、ハンツヴィル市に保存されているヒューストンのふたつの家は、その一軒が「ボート・ハウス」と呼ばれ、船をかたどっていることを別とすれば、ごく平凡なただの家屋にすぎないが、今でもそこを訪れるひとびとの列は絶えない。彼はヴァージニアの生まれで、テキサスに移住する以前に、すでにテネシーの州知事をつとめたほどの人物だったので、実は、彼にとって、テキサスはいわばその後半生をささげた第三の故郷にあたるわけだが、テキサンたちが彼に向ける尊敬のまなざしには、まったく変わりはないらしい。

テキサス共和国の最初の首府は、ワシントン・オン・ザ・ブラゾスに置かれた。「ブラゾス川のほとりのワシントン」という地名は、当然連想される合衆国の首府とも、ジョージ・ワシントン大統領とも直接の関係はなく、ある移住民が自分の故郷であるジョージア州のワシントンをしのんで名づけたものだという。赤茶けた水をなみなみとたたえたブラゾス川沿いの土地には、今日でも鄙びた田園風景がひろがっているが、その一角につくられたひろびろとした州立公園には、美しい大輪の白い花が芳香を放っているマグノリアの大木の下に、歴史博物館などの現代建築とならんで、テキサス共和国最後の大統領アンソン・ジョーンズの家と、いわゆる「インディペンデンス・ホール」が、当時のありさまをしのばせるように、ひっそりと立っている。

たぶん、「インディペンデンス・ホール」といわれて、誰しも思い出すのは、一七七六年七月四日、アメリカ合衆国の独立が宣言され、「自由の鐘」が打ち鳴らされた有名なフィラデルフィアの建物だろう。しかし、いうまでもなく、テキサスのそれは、一八三六年三月二日、テキサス共和国の独立宣言がおこなわれた建物のことである。フィラデルフィアの「インディペンデンス・ホール」も、合衆国の誕生を記念するにはあまりにも素朴な建物だが、テキサスのそれはさらに百倍ほども素朴きわまるしろもので、見るからにきゃしゃな細い柱と梁の間に粗削りの壁板を釘で打ちつけただけの、一見、物置か納屋かと見まがうばかりの簡素なほったて小屋にすぎない。中をのぞきこむと、日本式にいえば、およそ二〇畳ほどのがらんとした板張りの床には、樽の上に板を並べた机らしきものを囲んで、およそ十数脚の粗末な木の椅子が乱雑に置かれているだけだった。

どこの国の名所旧跡でも出くわす光景だが、私が訪ねたとき、たまたまそこでは地元の小学生たちの校外授業がおこなわれていた。高学年らしい十数人の小学生と女性の先生が立ち並んでいる前で、軍服のようなカーキ色の制服を身にまとった州の公園管理官が一席ぶっていたので、何気なく耳をかたむけているうちに、彼らの活発なやりとりについ引きこまれてしまった。

「ここでテキサス独立のための会議が開かれていたちょうどそのころ、ある大事な戦いがおこなわれていたんだが、それは何という戦いか、知っている人は？」と管理官が問うと、たちまち、

「はい、はい、はい」と勢いよくたくさんの手があがり、

「『アラモの戦い』です」

ジョン・ウエイン主演の映画のおかげで、日本でもよく知られているが、それはアラモ砦（といっても、もともとはスペイン人が建てたミッションだが）にたてこもった一八〇人あまりのアメリカ

人がメキシコの大軍にとり囲まれて、善戦のあげく、全員悲壮な戦死をとげた戦いで、「リメンバー・ザ・アラモ」のスローガンとともに、アメリカ人の愛国心を奮い立たせる結果を生んだ。

「では、そこで指揮をとっていたのは、誰かな?」

「デイヴィ・クロケット」

「ジョン・ブーイ」

このふたりとも、アラモで戦死したばかりでなく、もともと西部の英雄として有名なので、小学生たちはそう答えたわけだが、正解を知っている子はいなかった。

「いや、彼らはたしかにそこにいたことはいたが、指揮官はウィリアム・トラヴィスだったんだ」。

ちなみに、現在のテキサス州都オースティン市はトラヴィス郡にあるが、その地名はもちろん彼に由来している。「さて、彼はそこから何度も真剣な手紙をここに集まっていた議員たちに送った。ほら、その手紙がここにある」

「それ、ほんもの?」

「いや、これはそっくりにつくったコピーだがね。サム・ヒューストンは、いきりたつ議員たちを押し止め、自分が救援に行くときっぱりいった。それで、どうなったと思う?」

「テキサスが勝ったんでしょう」

「いや、いや、とうとう間に合わなかったんだ。アラモの英雄たちは、ひとり残らず戦死してしまった。愛国心と自己犠牲は、大切なアメリカ的性格なんだよ。しかし、その後、間もなく、サン・

ジャシントの戦いで、少数のテキサス軍が、数の上ではるかに優るメキシコ軍をさんざんにやっつけてしまった。ところで、当時のメキシコはたったひとりの人間が支配していた。それは誰で、そういう政治体制を何というのか、知っているかな？」

「はい、はい」と、またたくさんの手が上がり、

「サンタ・アナ」

「独裁政治」

「その通りだ。独裁制の下では、独裁者ひとりをやっつければ、それでかたがつく。民主主義とはそこが違うのさ。われわれがサンタ・アナを捕虜にしてしまったので、メキシコはテキサスの独立を認めざるをえなくなったんだ」

小学生相手とはいえ、「愛国心と自己犠牲はアメリカ的性格」等々、ちょっと単純すぎるとも思ったが、なかなか要を得た説明で、テキサンたちの歴史観の一端がかいま見えたような気がした。しかし、テキサス史の面白いところは、たとえばアラモの場合のように、勝利を語ると同時に、敗北の苦渋を語ることも忘れず、かっこいいところとかっこわるいところとを、包み隠さずあっけらかんと認めていることだろう。

公園管理官は触れなかったが、アラモの敗北とサン・ジャシントの勝利のあいだには、たとえば、ゴリアドでメキシコ軍によるアメリカ人捕虜大量虐殺事件が起こったり、メキシコ軍の手に渡ることを恐れるあまり、せっかく作り上げた植民地のあらゆる建物を焼き払いながら（したがって、ワ

シントン・オン・ザ・ブラゾスのインディペンデンス・ホールも、実はレプリカである）、軍民ともどもルイジアナに向かって生命からがら逃げのびるという悲劇があったりしたことも、けっして忘れられてはいない。特に後者は、「ランナウエイ・スクレイプ」として知られ、ヒューストン将軍のこの作戦に対しては、当時すでに強い非難があったことも、ごくあたりまえの常識といってよい。つまり、サム・ヒューストンへの尊敬は尊敬として、彼を必要以上に神格化しようとはしないのである。ちなみに、南北戦争勃発当時、州知事だったヒューストンが、テキサスの合衆国からの離脱を支持した多数意見にあえて反対して、知事職を辞し、以後ふたたび公職につくことはなかったことも、これほどの英雄の生涯のできごととしては、特記に値する事実といえよう。

サン・ジャシントの戦いでサンタ・アナが大敗したのは、テキサス軍の反攻がメキシコ人の習慣の午睡（「シエスタ」と呼ばれる）の時間におこなわれ、しかも、彼がそのとき女色に溺れていたせいだといういいつたえも、まことしやかに伝えられている。彼をたぶらかしたのは、「イエロー・ローズ・オヴ・テキサス」として知られる二十二歳の混血女性だったそうだが、彼女は本名をエミリ・モーガンというテキサスの愛国者で、テキサス独立のために、わが身を犠牲に供したのだといわれる。つまり、テキサス史には、暴力や男っぽさばかりでなく、そこはかとない色気もちゃんとそなわっているのである。

私の考えでは、質素なインディペンデンス・ホールに見て取れるように、テキサスの過去は本質的に開拓民という庶民のものである。そんな歴史の体験の上に立って、昨今のテキサスは、かつて奴隷州であったばかりか、六本の国旗に象徴されるような複雑な人種関係が存在してきたという事実や、開拓時代の庶民が味わった苦しみなどをはっきりと認識した上で、よりよい未来を模索しつづけているように見える。それとも、そう考える私は、やはり少々「I ♡ TEXAS」にすぎるのだろうか。

ぼくのヒッピー

一

世の中が湾岸戦争やらソ連の解体やらで喧騒を極めていたころ、そんな騒然とした世相をよそに、私は日本からいわば逃走を決めこんで、アメリカ南西部のO市でひとり勝手気ままな日々を送っていた。もちろんそこにも歴史の波が絶えずひたひたと打ち寄せていたことは確かだったが、その深刻さはかつて私が体験したヴェトナム戦争の時代のアメリカの比ではなかった。当時と違って、アメリカ人は世界で唯一の超大国となった母国にすっかり自信を取り戻しているように見えた。

彼らはもはやあのころのように静謐な庶民の日常生活を覆う不気味な暗い影に一喜一憂する必要はなく、まして一時的に無責任な仮の生活を営んでいるにすぎない私のような外国人にとっては、緑豊かな小都市の平穏を乱すようなものの気配はまったく感じられなかった。それをいいことに、まれに日本の勤務先や家庭から送られてくる事務的な連絡を除いて、できるかぎりすべての日常的な雑務から自分を解放し、毎日の二十四時間を意のままに用いようと思い定め、私はほとんど生れて初めての完璧な自由を思う存分に楽しんでいた。

O市はかつてそこの州立大学で四年あまりの学生生活を送ったことがあり、私の分野の優れた先輩や研究者も多く、したがって図書館や資料館《アーカイヴ》が充実していることでも知られていた。だが、それにも増して、私にとってその地はかけがえのない自分の青年時代と切っても切れない土地がらでもあったので、まるで故郷にでも帰るかのように、その後も何度か短期間の訪問を繰り返したあげく、今回は勤め先の大学から一年間の研究休暇を与えられたのを幸いに、性懲りもなくふたたびそこへ舞い戻っていたのだった。

したがって、そんな気ままな日々もそろそろ切り上げなければならなくなっていた春先のある日、私がフォンテーヌと再会を果たしたのは、かならずしもまったくの意外な出来事だったというわけではない。実は、旧知の人々も少なくはないその地に、もし彼女が相変らず住みつづけているとしたら、いつか街のどこかでばったりと出くわすかもしれないと、心中ひそかに期するところがあったからである。

だが、じっさいにフォンテーヌその人に出会って、互いの目に見入り、名を呼び交わして、ほとんど二十年ぶりの邂逅を確認し合ったとたん、ふたりともその場所が歯医者の待合室だったことを思い出し、いっさいの挨拶を抜きに、人目もはばからずいきなり大声で笑い出してしまった。

幸せな若者だったあのころ、私が当時のアメリカではすでに常識になっていた歯科医の定期健診《レギュラー・チェック・アップ》を頑として受けようとしないばかりか、ときどき就寝前の歯磨きさえずっこけることを発見した彼女は、しょっちゅう私に小言をいっていたのだった。

「アメリカの歯医者は高すぎる」

といい張る私に、

「二十年後に歯がぜんぶ抜け落ち《フォール・アウト》たらどうするつもり？」

と問い返すのが彼女の役割りだった。

ひとしきり笑い終わると、彼女は長い年月を一気に飛び越え、昔といっこうに変らない口調で、

「きっと日本からはるばる総入れ歯の手入れに来たんでしょう。とうとう私がいっていた通りの歯無しになっちゃったのね」

と相変らずの軽口を叩いて見せた。

おかげでたちまち年甲斐もない若やいだ気分を取り戻した私は、いや、昔と違い、このごろは、君の忠告に忠実に従って、半年に一回欠かさず歯医者で歯石を取ってもらっているんだよ、と説明する代りに、まるで合言葉を返すように、二十年前の私が何度彼女に向って繰り返したか知れない決まり文句を口にした。

「やめてくれ。歯磨きに精出すなんて、反文化《カウンター・カルチャー》に対する裏切りだよ」

すると、フォンテーヌは一瞬ふと真顔になって、

「でも、ヤスシ、ヒッピーの時代はもうとうの昔に終わったのよ」

といった。

その言葉を耳にすると、長いあいだ忘れ去ろうとしながらできないでいた日々への懐旧の情がなぜかどっと胸に迫り、私はあのころのしきたり通りに彼女を力いっぱい両腕で胸に抱きしめようとしかかって、やっと思いとどまった。

アメリカの礼儀正しい紳士ならたぶん誰でもそうするように、私はさし出されたフォンテーヌの右手をそっと軽く握って、彼女にまつわるくさぐさのたち切り難い思いをこころの底にしまいこもうとした。そうだ、ヒッピーの時代はもう去ったのだ、と私は自分にいい聞かせた。

栗色の髪、秀でた額の下でいつもいたずらっ子めいた輝きを絶やさない薄い空色の瞳、アメリカ人にしては小柄なほっそりとした肢体とは少し不似合いな感じでぱんと張っている腰、どこを取ってもそれはあの懐かしいフォンテーヌに変わりなかったが、彼女はもはや昔のような粗末なコトンのワン・ピースを身につけてはいなかった。

服装から判断するかぎり、彼女もどうやら落ちついた裕福なアメリカの中産階級の生活を満喫しているように見うけられたし、私自身もあのころのジーパンにティー・シャツという着たきり雀のふうていを捨てて、薄茶の背広にネクタイを締めたごくあたりまえの衣装に身を固めていた。いうまでもなく、ふたりともすでに人生の坂を越えた年頃にさしかかっていたのだった。

「善は急げ、というでしょう。さっそくだけど、今週の週末に家に食事に来てくださらない。ぜひ夫に紹介したいわ」

と彼女はいった。

その週末、私は地図を頼りに、フォンテーヌから教えられた住所へ向って車を駆った。O市を南北に縦断する高速道路を北へおよそ十分走って、そこのランプを出てから、今度は美しい並木に囲まれた一般道をさらに西へ十五分ほど進むと、郊外の丘陵地帯にさしかかる。そのあたりは急速に発展しつつあるO市郊外の瀟洒な新興住宅地だったが、T字路に突き当たったところで、右に折れ、急坂をしばらく登った左側の山腹に、あたりを睥睨するような感じで建っている邸宅が、彼女の今の住居だった。家の前には、三台の洒落た乗用車に加えて、小型トラックが一台無造作に駐車してあった。

フォンテーヌに抱きかかえられるようにして招き入れられた広々とした居間から、大きな一枚ガラスの窓越しに、外にしつらえられたヴェランダを隔てて、眼下に拡がる贅沢な住宅の群を眺望できた。

ヴェランダでどうやらバーベキューの準備をしているらしい夫に向って、フォンテーヌが声をかけた。

「あなた、ヤスシが見えたわよ」

私の方を振り向いた彼の面立ちが目に入った瞬間、私はそこにまったく予期していなかった顔を見出して、驚きのあまり言葉を失った。大股に私に歩み寄って来た彼にしっかりと両手を握りしめ

られたとき、私はようやく、

「ダンカン・パーカー！　君だったのか！　まったく嬉しい驚き《プレザント・サプライズ》とはこのことだ」

と思わずぶしつけな大声を出してしまってから、フォンテーヌに向って、

「ひどいじゃないか。なぜ今まで黙っていたの？」

とつい詰問せずにはいられなかった。

ヴェランダでダンカン手作りのバーベキューと冷えた白ワインを楽しみながら、私たちはそれが決まりきった規約でもあるかのように、二十年間の無沙汰の間に起こった互いの暮しの変化について語り合った。

縁なし眼鏡の下の団栗まなこを意味もなくしばしばたたいたり、口髭を生やした口許をすぼめるようにして、もぐもぐと言葉を吐き出す癖は昔のままだったが、かつて自称詩人だったダンカンは、その後コンピューター・サイエンスに転向して、博士号を取り、今は「メスキート・カンパニー」というヴェンチャー企業の社長としていっぱしの成功を収めたということだった。二人の年子の子供たちはすでに大学生になって家を離れているので、フォンテーヌは市立オーケストラの副マネージャーとして働いていた。私の方は、お見合いで知り合った妻と平凡だが平穏な家庭を築いたことや、日本にまだ残っている終身雇用というありがたい慣習のおかげで、こぢんまりした家とまずまずの収入が約束されていることを述べ終えると、もうそれ以上の話題がないほどのありふれた暮しだった。

ヒッピー時代と違って、そこにはもはや反逆も、詩も、麻薬もなく、代わりに、平安なこころと豊かで安定した生活が満ち溢れているように思われた。ひとしきり近況を報告しあったところで、ダンカンは、

「そうだよ。今では僕らも健全きわまる中産階級で、若い奴らの軽蔑の的なのさ。でも外見はともかく、あの時代を経験した僕らは、内心では他の世代とちょっと違うところがあると思っているんだ」

するとフォンテーヌは、相変らずのひねりのきいた言葉づかいで

「ヤスシの英語はすっかり下手になったわね。もっとも、あのころは、英語なんてどうでも良かった。だって、私たちは家族みたいに、お互い、言葉抜きで理解し合っていたんだから」

それをきっかけに、私たちは際限もなく昔話に花を咲かせた。フォンテーヌの最初のボーイ・フレンドだったニール・ブラウンは、サン・フランシスコで「ほんものの」ヒッピーのコミューンに参加したあげく、エイズで命を落としてしまったこと、ダンカンの同棲相手だったキャシー・ベイカーは、ダンカンと別れてから、黒人運動家のラリー・ジャクソンとしばらく生活をともにして後、行方がわからなくなったことなどを私は知った。

「でも、君はあんなにキャシーを大切にしていたじゃないか。彼女が姿を消してしまっても平気でいられたなんて、とうてい信じられないな」

私はフォンテーヌの前もはばからず、無遠慮に正直な疑問をダンカンに投げつけた。すると、彼

は、

「君も知っての通り、あのころは男も女も、自分の生き方を求めると称して、無頼な放浪生活で身をもちくずした連中が少なくなかったからな。ニールやキャシーも、しょせんその口だったのさ」

と言葉少なに答えてから、つづけて、

「そういえば、僕の隣人だった日本人の理学博士夫婦はどうしてる?——確かコイキとかコークとかいう名前だった」

「小池夫妻なら、とうとう離婚してしまったらしいよ。ブラック・パワーに間を引き裂かれたようなものだね。黒人たちのせいとはいわないが、彼等も時代の犠牲者だったのかもしれないね」

と私は答えた。

とたんに、フォンテーヌは一瞬目にきらりと鋭い光を宿らせて、真剣な眼差しをまっこうから私に当てた。しかし、その口調は相変らず冗談でもいうように、

「ヤスシ、あなたがあのころ、日本にはないから、ぜひアメリカから持ち帰りたいといい張っていたものを覚えてる? ちょうど棺桶そっくりのかたちの大きな冷凍庫《フリーザー》よ。あなたは二言目には、私を冷凍にして、その中に入れて、いつもいつも眺めていたい、といっていたわ。でも、結局あなたはそうはしなかった。ここの家にもそんな冷凍庫《フリーザー》がひとつあるけど、食料の買い置きができてとても便利よ」

と彼女はいった。

二

一九六〇年代末といえば、日本の庶民の生活はまだ豊かさとはほど遠く、海外留学が珍しがられたころだったから、今思うと、私が奨学金を得て、O市の州立大学の大学院に入学できたのは、そのこと自体、かなり幸運なことだったのだろう。飛行機とバスを乗り継いでどうにかO市にたどりつきはしたものの、右も左もわからなかった私は、先ず大学のインターナショナル・オフィスに出頭し、留学生係《フォーリン・ステューデント・アドヴァイザー》りに指示されるまま、キャンパスに近い私営の男子寮の一室に旅装を解いた。

そこでは、学部の学生は三人部屋が原則だったが、大学院生は特別に個室を与えられるしきたりになっていて、ベッドと机以外には飾りひとつないコンクリートの小部屋も、当時の日本の学生生活に較べれば、贅沢とまではいえないまでも、まずまずの環境のように思われた。ヴァージニア出身だという隣室のダンカン・パーカーは、自分でも詩を書くもの静かな英文学専攻の大学院生で、文学や芸術にはさっぱり不案内の私を少々俗物視するような傾向があることを除けば、太平洋のかなたからはるばるやって来た東洋人を珍しがって、こまごまと世話を焼いてくれる好人物だった。

寮には食堂も、自炊の設備もいっさいなく、部屋では湯沸し器以外の電気製品の使用が禁じられていたので、私はダンカンに誘われて近くの定食屋《ボーディング・ハウス》と契約し、朝晩の食事をそこで取ることにした。それは青いペンキ塗りの巨大な木造家屋で、二階と三階が女子専用の下宿屋《ルーミング・ハウス》になっていて、朝晩の食事時になると、一階の食堂に通じる階段を、女子学生たちが笑いさざめきながら三三五五降りて来た。私たち男子学生は二十人余りの彼女たちの間に混じるようにして、食堂にしつらえられた大テーブルを囲むのだった。

　しかし、食事をしながら誰彼となく楽しそうに談笑を交しているダンカンを横目に見ながら、私はその場の団欒になかなかなじめなかった。フライド・チキンやマッシュド・ポテトなど、当時の日本ではまだ珍しかったアメリカ式の食物そのものに馴染みがなかったせいもあるが、何よりもただひとりの外国人としての自分自身の身のこなしのひとつひとつが気にかかって、嫌でも自意識過剰に陥らざるを得なかったのだろう。大皿に盛りつけた料理を自分の皿に好きなだけ取っては、それを次々と隣席の者に手渡す食事方式はまだしも、今から考えると滑稽きわまりないことだが、ジュースやアイス・ティーのピッチャーが自分の手の届かない遠くに置かれているときや、手から手へぐるぐると回されている料理のお代わりが欲しいときなどに「それを僕に下さい《パス・イット・トゥ・ミー・プリーズ》」と大声で一言いうことがどうしてもできないのだった。

　そんなとき、いつも気をきかせてくれたのはダンカンだったが、ある日、たまたま何かの理由で彼が同道できず、見知らぬ若い男女に取り囲まれた私がひとりで身も細るような思いをしていたとき、

「あなた、お代わりは? それとも、ジュースかティーが欲しいんじゃない?」

と声をかけてくれた女子学生がいた。

その日を境に、彼女は私の皿やグラスが空っぽにならないように、何かと気を配ってくれるようになった。私は彼女がフォンテーヌという美しいフランス風の名前を持っている美術専攻の三年生《ジュニア》であること、O市から百キロ離れた大都市の裕福な家庭のひとり娘であること、ふつうは見知らぬ男性にめったに話しかけたりはしない、むしろ控え目な女性であることなどを間もなく知った。

O市の私の学生生活はこうしてとどこおりなく始まったが、常に膨大な課題に追いかけられている大学院生の常で、教室と図書館と学生寮の間を往き来する以外の余裕のありようもなく、最初の一年間は無我夢中のうちにあっけなく過ぎ去って行った。しかし、O市の生活になじむにつれて、私のような鈍感な者でさえ、周辺の若者たちの生活が急速に変わりつつあることに徐々に気づかずにはいられなかった。

最初に気づいたのは、キャンパスやボーディング・ハウスで見かける女子学生たちの身なりの変化だった。はじめのころは念入りにセットされていた彼女らの髪が無造作なざんばら髪になるとともに、洒落たスーツが粗末なジーンズやコトンのワン・ピースに変わり、完全空調の教室でさえ噎せかえるようだった強い化粧品の匂いが、いつの間にか鼻につかなくなったように思われた。

当時のアメリカでは、「三十歳以上の者を信用するな」と叫んで、それまでのアメリカをかたちづくってきた倫理観を根底から否定しようとする一群の若者たちが現われ始め、あきらかに女子学生たちは「ヒッピー」と呼ばれる彼らの風俗の影響を受けていたのだった。

しかし、ヒッピーの運動はただの風俗上の流行や、若者たちの一時の気まぐれではないように見受けられた。次々と起こったキング牧師とロバート・ケネディの暗殺事件や、しばしば発生する大都市の黒人暴動と呼応するかのように、ヴェトナム戦線のアメリカ軍戦死者の顔写真が週刊誌に掲載されるようになるにしたがって、それまでの母国の伝統的な価値観に疑いを抱く若者たちの気運が燎原の火のように拡がって行ったことと、ヒッピーの出現は軌を一にしていたからである。

金儲けと出世にうつつを抜かしていた従来の中産階級のアメリカ人の生活を捨てて、真に人間らしい生き方を模索する一方、武力で世界を支配しようとしてきた伝来のやり方に代え、人間愛でアメリカの存在を示そうという一種の新しい愛国心の発露に、多くの若者たちが同感を示すのは当然のように思われた。反戦運動の若者たちの前に立ちはだかる完全武装の兵士たちに向って、可憐な野生の花を唯一の武器として抗議する「フラワー・チルドレン」たちの姿に、私も深い同情を覚えた。

私が住んでいた学生寮でも、予備士官訓練隊《R・O・T・C》の軍服に身を包んで、勇んで軍事訓練に出かけて行く学生たちがいる一方で、召集令状が来たら、カナダやヨーロッパへ逃亡するつもりだと、真顔で話し合っている連中を見かけるようになった。

自称詩人のダンカン・パーカーはもちろん後者のひとりで、私の寮生活が二年目にさしかかって間もなく、自分が育てられた中産階級の倫理にことさら反抗するためか、彼は長髪と髭面という典型的なヒッピー姿に変貌してしまった。そればかりか、遂には寮を出て、その地方の家主たちの芸術的な命名でデュープレックス・ハウスと呼ばれていた実は質素な二軒長屋のひとつで、フォンテーヌのルーム・メイトだったキャシー・ベイカーと同棲を始めた。

キャシーはダンカンと同じヴァージニアの出身で、わずかに波打ったブロンドの髪と美しいうりざね顔の持主だったが、ますます短くなったミニ・スカートのワン・ピースからにょっきりと突き出ている手足はいささかたくましすぎる感じを否めなかった。だが、そんな両手を絶えず打ち振りながら大声で話す行動的な彼女を愛しているのか、ダンカンはキャシーをいつも壊れ物のように大切に扱い、私の知るかぎり、彼女に向って声を荒立てることさえ絶えてなかった。

私は我ながら勤勉な学生生活をつづける一方、毎週金曜日になると、教室や図書館に通うように、キャンパスにほど近いウエスト二二番通りのダンカンの住居を欠かさず訪れるようになり、やがて、それは私にとってほとんど不動の生活のリズムになって行った。ダンカンのヒッピー仲間が金曜日ごとに集まって過す秘密めいた無秩序な時間の虜になってしまったのだった。

だが、ヒッピー仲間とはいっても、ダンカンを囲む連中は、彼等の言葉によれば、「愛と自由と平和を求めるヒッピーの哲学に賛同し、アメリカの軍国主義と拝金主義に批判的な」学生や、大学関係の研究所で職についている若者たちが大部分だったので、私の目には、いわば社会に完全に背を向けて、まともな人生からはみ出てしまった「ほんものの」ヒッピーたちとは、どこかで一線を画しているように見えた。「緑色革命《グリーニング・オヴ・アメリカ》」と「リベラル」が彼らの合言葉だったが、私は心中で彼らを「金曜日のヒッピー」と呼ぶことにしていた。

ともあれ、メキシコ風のビーン・ディップを塗ったコーン・チップスなどを勝手につまみながら、ビールやテキーラをがぶ飲みしたり、私にはさっぱりちんぷんかんぷんの詩の朗読に耳を傾けたり、無責任な政談や芸術論を闘わせたりしながら過す無礼講の金曜日の夜は、私にとって、やがて週の始まりであり終わりでもある生活の中心となった。

そして、パーティーの最後には、必ず誰かがどこからか都合してくるマリファナに酔い痴れた。非合法といわれれば確かにその通りだったが、私は魔性の草がもたらす陶酔そのものよりも、円陣を組んで床に座りこんだひとりひとりが、まるで先住民の伝統ででもあるかのように、一本の紙巻のマリファナを一服してから、次々に全員に回して行く儀式めいた雰囲気を好んだ。たとえかりそめのものであっても、少なくともそのときだけは、私は彼らのファミリーの一員として迎えられている自分をひしひしと感じ取ることができた。

さらに、いうまでもなく、もうひとつの私のひそかな楽しみはフォンテーヌだった。彼女はときどきボーイ・フレンドのニール・ブラウンに伴われてそこに姿をあらわした。ニールは政治学部の大学院生で、政治論や経済論を語らせるとなかなかの論客だったが、見るからに秀才そうな痩せて頬骨の尖った顔つきはいかにも不健康な印象を与え、たぶん若干の嫉妬とも混じり合って、私に一種の警戒心を抱かせた。私はそこでフォンテーヌとふたことみこと言葉を交わすことで、一週間の疲れを忘れ去ったような気になった。

もしダンカンとキャシーの間に何事も起こらなければ、私たちはそのまま卒業まで幸せな「金曜日のヒッピー・ファミリー」のままでいられたのかもしれなかった。

O市での生活が三年目にさしかかったころ、私は何かと制約の多い寮生活を止めて、そこから数ブロック離れたキッチンとバス・ルームつきの安アパートに移り住んだ。それまでの努力の甲斐があったのか、キャンパスで研究助手《リサーチ・アシスタント》の仕事を得ることができたので、多少の経済的な余裕ができたのだった。フォンテーヌも大学院生になり、例のルーミング・ハウスを出て、ダンカンのアパートの筋向いに当たる古ぼけた一軒家で、ニールとの同棲生活に入っていた。

若者たちの政治活動はますます活発になりつつあり、州立大学の学生たちはその一環として「ブレックファースト・プログラム」と称する運動を始めた。市の東南部にある貧しい黒人居住地域には、初等教育はおろか、朝食さえ満足に与えられない子供たちがいるというので、白人の学生たちと黒人運動のリーダーたちとが協力して、少なくとも彼らに栄養豊富な朝食を振舞おうというヴォランティア活動である。何事にも積極的なキャシー・ベイカーはその中心人物のひとりで、私も彼女に誘われて、週に何度か奉仕に加わった。

若者たちを取り仕切っていたのは、白人のキャシーと、O市の学生の間では戦闘的な人種革命の指導者としてすでにその名を知られていた黒人のラリー・ジャクソンだった。野太い大声で喋りながら、がっしりとした小柄な体軀をことさら左右に揺さぶるようにして歩き回る彼の角張った褐色の顔は、いつもひどく不機嫌そうで、もちろん私のような雑魚には目もくれようとしなかった。私にはそんなラリーと美形のキャシーの取り合わせが少し不可解に思われたが、時代の雰囲気とでもいうのか、周囲にはむしろそれを進歩的な実験として囃し立てるような気配があった。

大物の黒人運動家に無視される代わりに、私の慰めだったのは、またしてもフォンテーヌの存在だった。彼女の同棲相手のニールは、早起きが苦手なのか、日頃の人道主義的な雄弁にもかかわらず、その場に姿をあらわすことはかつてなかった。キャシーと違って、ジーンズのオーバーオールに身を包んだフォンテーヌは無駄口を叩くでもなく、特に人目に立つこともない地味な役割を引き受けていただけだったが、私は彼女といっしょに単純労働に精出すことに、ほとんど無上の喜びを感じた。子供たちの食べ残しを残飯入れ《ガービジ・キャン》に捨てたり、皿を洗ったりする雑用をともにしながら、私たちの間に急速に親近感が育って行ったのはごく自然の成り行きだった。貧しい黒人の子供たちへの彼女のこまごまとした気配りを目の当たりにして、私はかつてボーディング・ハウスで私に声をかけてくれたフォンテーヌのこころやりの優しさを、あらためて実感できるような気がした。

朝の七時に、総勢二十人ほどの子供たちを何台かの車に分乗させて連れてくるのは、ラリーをはじめ、黒人の仲間の仕事だった。キャンパスから道ひとつ隔てた古びたＹＭＣＡの建物の集会室で、私たちはてんてこ舞いでベーコンをグリルで焼いたり、スクランブル・エッグを調理したりしたが、私たちの仕事はそれだけでは終わらなかった。身勝手にはしゃぎまわる一方の子供たちに基本的なしつけを教えることが、自分たちに課されたもうひとつの大切な任務の一部であることを、私は間もなく理解した。驚いたことに、中には座って食事を取る習慣のない子や、もうとうに学齢を過ぎているというのに、アルファベットを読めないのはもちろん、自分の手のどちらが右手で、どちらが左手なのか、その区別をつけることさえできない子たちもいた。

おかげで、そこでは外国人の私でさえ、いっぱしの英語教師面をすることができた。たとえ束の間の借り物であったにしろ、そこには確かに人種や年齢を超えた一種の友情が息づいていた。私はそれまで知らなかった新しい生きがいを見出したような気分で、キャンパスへ出かける前の一時間あまり、誠心誠意せっせと与えられた仕事に励んだものである。

食料の買出しに出かけたグロサリー・ストアでばったりとフォンテーヌに出くわしたのは、そんなある日の夕刻のことだった。絶えず時間に追いかけられていた私はアパートに近い店で買い物をすませるのが常だったが、なぜかその日にかぎって、当時アメリカ全土に多くの店舗を展開していた「セイフウェイ・ストア」の一軒まで足を延ばしたのだった。

そのとき、彼女はいつになく何事か思い悩んでいるらしく、うずたかく積み上げられた食品の山の間を、半ばうつむくような姿勢でカートを押しながら、見るからに上の空でとぼとぼと歩を進めていた。大きなカートの中には、レトルトに包まれた冷凍のＴＶフードが二、三個、無造作に放りこまれてあるだけだった。その姿があまり淋しそうだったので、つい私は、

「いったいどうしたの？　今日の君はとっても不幸せそうに見えるよ」

と日本語ではとうてい吐くことができないきざな科白を口にした。

面を上げて私を認めたとたん、そんな言葉を待ち受けてでもいたかのように、フォンテーヌの薄

い空色の瞳がにわかに潤みを帯びたかと思うと、両眼から見る見る大粒の涙が溢れ出た。そして、そんな自分を恥じるのか、私の左腕に額をこすりつけるようにして、顔を隠しながら、

「ニールがどこかへ行っちゃったのよ。ダンカンも家を出たそうだし、もう何もかも駄目になっちゃった」

と彼女はいった。

思いがけないフォンテーヌの言葉に、私は自分の耳を疑い、思わず右手を彼女の肩に回して、涙に濡れた顔を覗きこんだ。いったい、あの幸せな「金曜日のヒッピー」たちに何が起こったというのか。毎週のように彼等と楽しいひとときを共有していたとばかり思いこんでいた私は、それまで何ひとつ異常に気づかなかった自分の鈍感さ加減を呪って、しばらく呆然としていたが、間もなく我に返ると、ハンカチを彼女に手渡しながら、

「さあ、涙を拭いて、元気を取り戻すんだ。よかったら、これから僕の家へおいでよ。君がいつものフォンテーヌに戻れるように、今夜は特別の日本食を料理することにしよう」

とようやくいった。

しかし、笑止千万なことに、彼女を家に連れ帰ったところで、実は私が作ることのできる料理らしい料理といえば、せいぜい即席のカレー・ライスだけだったので、フォンテーヌはその夜、生まれて初めて怪しげな日本式のインド料理を食べさせられる羽目になった。

私の貧しいアパートで彼女がふたたび流した涙は、カレーの辛さのせいだったのか、それとも、

ニールに裏切られた苦しみのせいだったのかはわからない。だが、彼女の切れ切れの言葉から、私はニール・ブラウンがいつの間にか学業を放棄して、麻薬を常用するようになったあげく、「発情した《ヒーティッド》」麻薬仲間の女の子といっしょに、ほんもののヒッピー・コミューンに加わるために家を出て行ってしまったこと、そして、彼女の筋向いのパーカー家では、昼日中の夫婦の寝室でキャシーとラリー・ジャクソンの姿を発見したダンカンが、後ろ髪を引かれながらも、とうとうキャシーを見限らざるを得なくなったことを知らされた。

真の自由と人類愛を説くヒッピー哲学に賛同し、人種差別撤廃を叫んで、それを果敢に実行しているはずの友人たちが、こうして彼等を愛するもっとも身近なひとびとを次々と悲しみの淵に沈めてしまったことの矛盾は、私の単純な思考ではとうてい解決できない難問だった。ニールを愛していたはずのフォンテーヌにしても、じっさいに裏切られてみると、むしろ彼に対する嫌悪感がいや増すばかりらしく、

「ニールを愛するようになるまで、私は人を憎む気持ちを知らなかったような気がする。きっと愛と憎悪は、一枚の紙の表と裏みたいに、切ろうとしても切り離せない同じひとつのものなのね」

というのだった。

ダンカンはあえて何ひとつ口に出そうとはしなかったが、彼の受けた痛手はさらに深いに違いなかった。キャンパスの北側のワン・ベッド・ルームのアパートでひとり暮しを始めた彼から、「金曜日のヒッピー」たちがおのずと離れて行ったばかりか、キャシーが住みつづけていたウエスト二

二番通りのデュープレックス・ハウスは、ラリー・ジャクソンと彼の黒人の仲間たちの溜まり場と化し、彼らが四六時中大手を振って出入りするようになった。いわばダンカンは自ら選び取った愛の哲学をキャシーに奨めたのが仇となり、かえってそれ故にもっとも愛する者を失うことになったのだから、フォンテーヌの表現を借りれば、黒人に対する「不可分の激しい愛と憎悪」が彼を苦しめていないはずはなかった。

私にできるのは、「金曜日のヒッピー」たちに代わって、フォンテーヌにできるかぎりの慰めと喜びとを与えることだけだった。週末になると、私は彼女のアクア色のフォルクスワーゲンを駆って、郊外の自然公園に彼女を連れ出したり、彼女の家のフロント・ポーチに置かれたベンチに並んで腰を下ろし、ビールを飲みながら、際限もなく彼女と無駄口を叩き合った。

だが、こうして、人目には彼女の新しいボーイ・フレンドのようなかたちになって行った私は、彼女の不幸を利用してこころの隙間に忍びこむような卑怯なまねだけは決してするまいと固く決心していたし、フォンテーヌもそんな私の気持ちを理解できないほど鈍感ではなかった。じっさい、私自身、そうやって彼女と時をともに過ごすことだけで、じゅうぶんに幸せだった。アメリカ人には珍しくフット・ボールに無関心で、どことなく古風なところがあり、ヒッピー世代の若者たちの間で大流行だったサイケデリックな照明やゴー・ゴー・ダンスも好まなかった彼女は、気晴らしといえば飲み食いかお喋りしか知らなかった野暮で垢抜けない私と、奇妙に馬が合ったのかもしれない。

化学専攻の小池博士夫妻がパーカー家の隣に引っ越してきたのは、ちょうどそのころのことだった。まだ一ドルが三六〇円の固定相場で、アメリカに較べて日本の賃金水準もはるかに低かった当時、一、二年間の予定で、アメリカの大学へ勉強をかねた出稼ぎに来る博士のような科学者は少なくなかった。だが、三歳になったばかりの一人息子の陽一くんを伴って、意気揚揚とやって来た夫妻がたちまち時代の波に翻弄される次第の一部始終を、彼らの筋向いに住んでいたフォンテーヌの家に出入りしていた私は、嫌でも逐一目撃しないわけにはいかなくなった。

万事は、彼らが白人居住区域と聞かされていたウエスト二二番通りのパーカー家に、ダンカンが家を出て以来、朝となく夜となく、黒人の男女や子供たちが絶えず出入りするようになったことに始まった。博士自身は研究一途の四角四面な研究者タイプらしく、週末も研究室に入り浸っているような人物だったが、つまりそれは英語もままならない夫人と陽一くんが、ちょうどO市へ到着したばかりのころの私自身と同様、身辺の事情もかいもく見当がつかないまま、終日家に取り残されることを意味した。とりわけ幼い子を連れた小池夫人が日々不安にさいなまれたのも無理はないと思われたが、気丈なのか、博士夫人のプライドが邪魔したのか、彼女はアメリカ生活については先輩格の私に相談を持ちかけることはなかった。

ある金曜日の夕刻、いつものようにフォンテーヌの家のフロント・ポーチでくつろいでいた私は、向いの家の芝生で、小池夫人とキャシーがけたたましい大声を上げているのに気づいた。まだ知り合って間もないというのに、近寄って行った私に向って、夫人は日本語で高飛車にいった。

「足立さん、同じ日本人だったら、この人にいってやってよ。私はどこの誰だか知らない黒人たちに、一日中あたりをうろうろされるのがたまらないの。子供たちは予防注射もろくにしてないんでしょ。陽一に近づいてもらいたくないのよ」

するとその日本語を理解できるはずもないキャシーが、

「この人は黒人の子供たちを『汚い《ダーティ》』だっていうのよ。ひどい人種主義者だわ」

「汚いものを汚いといって何が悪いの。わたしは不衛生だっていっているのに、この人にはどうしても通じないのよ」

と夫人はふたたび日本語で喰ってかかった。

フォンテーヌと私が割って入ったおかげで、その場はどうにか治まったが、女性たちの関係はどうやら悪化する一方のように見受けられた。肝心の博士は研究にかまけてか、それとも無責任に無関心を装っていたのか、絶えて問題を解決しようとする気配を見せなかった。「ブレックファースト・プログラム」の経験を通じて、私は職にあぶれた黒人たちが日中からぶらぶらしていること自体は、必ずしも治安の悪さを意味しないことを理解していたが、キャシーの家にほとんど入り浸りで暮らすようになったラリー・ジャクソンが戦闘的な黒人運動家であることを思い合わせると、小池夫人の心配もわからないではないような気もした。

キャシーの家に勢ぞろいした十数人の黒人の子供たちが、横に一列に並んで、いっせいに独特の腰を振るダンスの仕草でステップを踏みながら、美しく手入れされた近所の白人家庭の芝生の上を、ことさらに荒らし回る様を目にしたこともあった。キャシーによれば、O市では芝生の世話をさせられて来たのはもっぱら黒人たちだったのだから、すなわち芝生は苛酷な労働を強いられてきた彼等の屈辱の歴史の象徴のひとつであり、したがってそれを踏みにじることは、ラリーたちの運動の一部だというのだった。

白人の所有する家を清潔に保つ必要はないという理由から、キャシーが掃除をいっさいしなくなったおかげで、異常に繁殖したゴキブリが、隣りの小池家のバス・ルームの石鹸まで食い荒らすばかりか、うっかりすると冷蔵庫の中まで進入するようになったという話を、私は夫人から聞かされた。そんなこともあって、とうとう耐えきれなくなった彼女は、数ヶ月後、陽一くんを連れて日本へ逃げ帰った。博士は近所の誰ともまったく没交渉のまま、一年後に帰国したが、夫妻の仲は二度と元に戻らなかったことを、私は後に風の便りに知った。

小池家のごたごたをよそに、その年の夏、フォンテーヌと私が好んで訪れたのは、ハミルトン・プールと呼ばれる郡立の自然公園だった。少しでも早く規定の単位を取り終えるために、夏学期《サマー・セッション》に参加していた私は、週日は相変らず授業で課される膨大な課題に追いまくられていたが、週末の訪れが待ちきれないような気持ちで、毎週のようにフォンテーヌのアクア色のフォルクスワーゲンをプールまで走らせた。プールといっても、そこはO市から西へ約五十キロ離れた草原の中にある天然のオアシスだった。

掘っ立て小屋のような公園の管理事務所で退屈そうにしているアルバイト学生に入場料を払い、あたりに車を乗り捨てると、私たちはひとびとが踏み固めた小径をたどって、鬱蒼と巨木の生い繁った森の中へ踏みこんだ。やがて小径は渓谷に沿った下り坂となり、それが急に傾斜を強めたかと思うと、いつの間にか谷の底を流れている二メートル足らずの幅の小川のほとりにたどり着く。道々、私たちは樹々の間で無邪気に遊び戯れている洗い熊《ラクーン》や栗鼠の姿に、眼を楽しませることができた。

目指すハミルトン・プールは、小川の水源でもある大きな天然の池で、その直径はゆうに百メートルを超えているように思われた。プールの手前には手ごろの広さの砂地があって、そこではいつも十人あまりのひとびとがてんでに思い思いのかっこうで寝転んだり、スナックをぱくついたりしながらのんびりと過していた。対岸は、何千年もの長い間に池の水に侵食され、削り取られた岩が半球形の壁となって、巨大な丸屋根のようにちょうどプールの半ばまでを覆い、さらにその上の切り立った絶壁からは細かい水滴が滝のようにとめどもなくしたたり落ちて、水面に絶えずさまざまな大小の輪を描き出しているのだった。

フォンテーヌの透くような色白の肌に、真紅のセパレーツの水着が良く似合った。激しい南西部の夏の太陽に熱せられて、プールの水は意外に温かかったが、すでに汗みどろになっていた私たちの身体には、たいそうここちよい冷たさに感じられた。天然の岩のドームの下に入れば、照りつける日光を避けてゆっくりと遊泳することもできた。フォンテーヌと並んで水面に浮かんでいると、私たちの間を縫って、二十センチほどの緑色の亀が通り過ぎて行ったり、まれには三十センチもある大きなキャット・フィッシュが身体に突き当たって来るので、そのたびにふたりはまるで幼児に返ったようなけたたましい笑い声を立てた。

私がいわゆる学位論文提出資格試験《クオリファイング・イグザム》を了えて、帰国の予定がおよそ半年後に迫ったある冬の夜、私たちはとうとう長い間の禁忌を破って、文字通りのボーイ・フレンドとガール・フレンドの関係になった。それ以来、ウエスト二二番通りのフォンテーヌの家で、互いの身体のぬくもりを確かめながら、何度O市の冬の音に聞き入ったことだろうか。夜更け、ピーカンの並木から降り積もった枯葉が、おりからの突風に煽られて、からからと驚くほど大きな騒音を立てて転がって行くのである。

私がアメリカの中流家庭のガレージなどでよく見かける大きな冷凍庫《フリーザー》に引っ掛けて、自分のフォンテーヌへの愛情を、しばしばあまり縁起の良くない冗談で表現しようとしたのはそのころのことだった。ちょうど人間ひとりを横たえることができそうな冷凍庫《フリーザー》の中へ彼女を大切にしまいこんで、いつでも好むままに彼女を眺めることができるように、冷凍にして日本へ持ち帰りたい、と私はいった。

すると彼女は、

「私はアメリカでしか暮らせない人間だから、日本で住むことはできないわ。でも、私ならあなたを冷凍になんかしたくない。アメリカでいっしょに生きて行きましょう。あなたと私は違う世界で生まれ育ったけど、私のようなアメリカ人は異質な者が隣に座っているのに慣れているのよ」

フォンテーヌの提案は確かに当を得ているように聞こえたし、もし私たちに将来があるとしたら、それ以外の選択肢のあり得ようはずもなかった。しかし、あらためて考えるまでもなく、もしかすると彼女の主張は、「金曜日のヒッピー」の世界でしか通用しないのかもしれなかった。

だいいち、保守的な両親が私との関係をこころよく思うはずがないと頭から決めてかかっている彼女は、O市から百キロ離れた大都会の製薬会社の役員だという父親や、彼女の生き方に批判的な母親に私を引き合わせようとはしなかったし、私は私で、最初の奨学金を出してくれた日本の大学に負っている義理を無視することは、とうていできそうになかった。アメリカの豊かな家庭に育ったフォンテーヌが、たとえそのときは質素な古屋に住んでいたにしろ、日本の2DKの団地で永久に幸せになれるとも思えなかった。つまり、ふたりの愛情には一片の偽りもなく、容赦ない現実に晒されて破れ去るほど脆くはないと確信する一方、それがしょせん「金曜日のヒッピー」の世界でしか許容され得ないであろうという否定し難い非情な事実を、私たちは暗黙のうちに了解していたのである。

次の夏、フォンテーヌとともに一年ぶりのハミルトン・プールとO市名物のバーベキューを存分に楽しんでから、私は母国に向う機上の人となった。本来彼女が属している世界にいずれ戻って行くに違いないフォンテーヌの将来の幸福のためにも、二度と彼女に会うまい、音信もいっさい絶ち切ろう、と機上で私は繰り返して固く心に誓った。

三

今はダンカン・パーカー夫人となったフォンテーヌと二十年ぶりに再会を果たしてから、私は何度か彼らの丘陵の邸宅を訪ねたり、お返しに日本料理店に夫妻を招待したりして、旧交を温めた。彼らの落ちついた豊かな暮らしぶりを目の当たりにして、私は昔の機上での自分の決断が誤っていなかったことを、あらためて確信できたと思った。彼女も私も、いわばふたりだけのかりそめの愛の日々を大切にそっと記憶の中に閉じこめることによってはじめて、たとえ多少陳腐であろうとも、現在の安定した平安な生活を手に入れられたのではなかっただろうか。二十年前、私がO市を去って間もなく、ダンカンとフォンテーヌが結婚して健全な家庭を築き、こうして今日に至ったことについても、いかにも当然の帰結だったように感じられ、私はふたりをこころから祝福したい気持ちだった。

一年間の研究休暇はあっという間に過ぎ去り、帰国の日を一週間後に控えた日の朝早く、ダンカンから電話がかかってきた。O市を発つ前に、もう一度家に来てもらいたいが、急に二週間ほどシリコン・ヴァレーへ出張しなければならないことになってしまった。ついては、出発前の忙しいときに申し訳ないが、フォンテーヌが会いたがっているので、できたら訪ねてやってくれないか、というのだった。電話線の向うで、

「二十年経っても、僕らはやはりファミリーじゃないか。僕が留守でもかまわないだろう。フォンテーヌの相手をよろしく頼むよ」

とダンカンは昔ながらのゆったりとした口調でいった。

多少の躊躇を感じながらも、今度こそ文字通りフォンテーヌに会う最後の機会になるかもしれないと思うと、私には彼の申し出を断る理由は何ひとつなかった。

翌々日の昼過ぎ、私はパーカー邸の広々とした居間で、フォンテーヌと向い合って座っていた。最初にそこを訪れたときと同じように、一枚ガラスの大きな窓から、南西部の眩しい日光が射しこんでいた。用意されたカナッペと冷えた白ワインを少しずつ口へ運びながら、私たちはしばらくとりとめもない世間話を交わしていたが、ダンカンが留守だったせいで、やがて話題が、それまで彼の前では遠慮していたくさぐさの思い出に向って行ったのは当然の成り行きである。

「ニールが蒸発してしまった後、あなたは私の救い主だった。あのころ、両親とは義絶状態だったし、親友のキャシーもあんな風になっていたので、誰ひとり頼れる人がいなかったのね。今から思うと、あなたが他の仲間とは一風変っているところも嬉しかった。遠慮がちに遠くから私を眺めているだけで、ふつうの好色なアメリカ男どものように、私の弱みにつけこんだり、しつこくつきまとったりしなかったでしょう」

いや、ほんとうは、ただ勇気がなかっただけのことだよ、と私は答えた。あの四年余の留学生活の間に数多くの貴重な経験や知識を得ることができたが、いうまでもなく、フォンテーヌとともに過した短い時間は、私にとってもっとも光り輝く宝石だったし、今もそうだった。

「あなたとはじめていっしょに過した冬の夜のことを、私は決して忘れない。ほんとうは、あなたは私が愛したただひとりの人なのよ。平和な家庭を営むことと、こころの中でひとりの人を愛しつづけることは、きっと別のことなのね」

とフォンテーヌは率直にいった。彼女の目を見れば、それがただ私を喜ばせるためだけの虚言ではないことは明かだったが、では、あのときさまざまな自己弁解をこころみたあげく、結局は彼女を捨てて去った私の愛情とは、いったい何だったのだろうか。

「ダンカンはいい人だし、私をとても大切にしてくれる。いち早くヒッピーの真似をやめて、へぼ詩人も廃業、コンピューター・ビジネスに乗り換えてお金を儲けた抜け目のなさも、さすがに我が夫だわ。でも」

と、そこで彼女は少し声を落としてつづけた。

「私はちゃんと知ってるの。彼が今でもほんとうに愛しているのは、私じゃなくて、キャシーなのよ」

私はその言葉を聞きとがめて、

「だって、キャシーはもうずいぶん前から行方不明なんだろう。どこにいるかも知らない人を愛しつづけているなんて、どうしてそんなことがわかるんだ」

「では、フォンテーヌとヤスシはいかが？　二十年間音信不通でも、私たちの愛情は変わらなかったわ。それに、ほんとうのことをいうと、キャシーは行方不明なんかじゃないのよ。あなたはあと数日でアメリカを去る人だから、私の愛に誓って決して漏らさないと約束してくれるなら、我が家の最高秘密を教えてあげる」

彼女は私が腰を下ろしていた長椅子《カウチ》に席を移し、寄り添うようにして座りなおすと、私の耳元に口を寄せて、さらにいっそう低めた声でささやくようにつづけた。

「実は、私がダンカンと結婚する前から、キャシーはずっと彼の家にいたし、今もまだいるの。キャシーがあの黒人に捨てられたとき、彼女を取り戻したダンカンは、あなたの冷凍庫《フリーザー》の笑い話を実行して、今度こそ永遠に自分のものにしてしまった。私たちは結婚後も、引っ越すたびにその冷凍庫《フリーザー》を持ち運んで、今はここの地下室に置いてあるのよ。彼はときどきこっそりとその中を眺めては、ひとりで涙を流しているらしいわ。どう、あなたもひと目キャシーに会って行かない？」

まるで怪奇映画の筋書きのような彼女の告白に、半信半疑ながらも、私は自分の顔からさっと血の気が引いたのがわかった。

フォンテーヌは言葉を失った私の手を取って、促すように立ち上がった。私は彼女の操り人形と化し、導かれるままに無言で居間を出ると、長い廊下を通り抜け、いくつもの階段を降りて、地下室へ足を踏み入れた。

フォンテーヌが点した電灯の鈍い光の下に、広い地下室の全貌が照らし出された。暖房用のボイラーやら、洗濯機やら、どこの家の地下室にもあるさまざまな道具類に混じって、その一隅に大きな冷凍庫《フリーザー》がぽつんと置かれてあるのが目に入った。

あの美しいうりざね顔と少しぶこつな四肢のキャシーが、そこでじっさいに二十年前と寸分たがわない昔のままの姿で、凍結した冷たい眠りについているのだろうか。

一度私を振り向いてから、フォンテーヌは音もなくその蓋を開いた。私は首を伸ばして、おそるおそる中を覗きこんだ。

だが、私の目に飛びこんできたのは、凍てついた人間の肢体ではなく、それとは似ても似つかない大量の冷凍食品のさまざまなかたちだった。それがどこのグロサリー・ストアでも手に入るありふれたターキーや、チキンや、牛肉などの塊りであることを、私がようやくはっきりと認識したとたん、フォンテーヌの笑い声が地下室いっぱいに響き渡った。

「みごとにかつがれたわね、ヤスシ。みんな嘘、冗談よ！　あなた、ほんとうにそこにキャシーの死体が入っていると思ったの？　私たちはそれほど異常じゃないわ。だって、ヒッピーの時代はとっくの昔に終わったのよ」

フォンテーヌの笑い声で我に返った私は、それに和するかのように、彼女といっしょに大声で笑い始めた。

気がつくと、私たちはいつの間にか、昔のようにしっかりと抱き合っていた。二十年の歳月はいずこへか飛び去り、心臓が激しい鼓動を打ちつづけ、ふたつの身体に共通の赤い血潮が流れはじめたような気がした。やがて、私たちの笑い声に嗚咽が混り始めた。乱雑な地下室のうす闇の中で、互いを力いっぱい抱きしめたまま、とうに人生の坂を越えた中年の男女は、恥も外聞も忘れて、子供のように体をゆすりながら、いつまでも泣き笑いをつづけた。

猫越山

一

ふるさとの山に上った。

秋たけなわだった。

町の中央に位する猫越山《ねっこ》はその麓にへばりつくようにうずくまった四っつの集落に取り囲まれている。

山頂に至る道は東と西の集落からそれぞれ一本ずつあるが、およそ二メートル幅のふたつの小径は山の中腹で合流して、北に向きを変える。ゆっくり、ゆっくり上っても、見晴らしのいい頂上まででせいぜい三十分足らずしかかからない。山というより、むしろ丘と呼ぶべきかもしれない。

宿《しゅく》、西平《にしびら》と名づけられた東西の集落の住民たちが年に一度この小径をたどるのは、ふつう盂蘭盆のころである。頂上のわずかに平らな部分を切り開いてもうけられた昔ながらの公共墓地に、先祖の霊を慰めに行くのである。山頂の墓地は北に向かって径の右側が宿《しゅく》の墓所、左側は西平《にしびら》の墓所と決まっている。

真ん中のおよそ十坪ほどもある広々とした墓は、公共墓地の制度ができたころこの山の地主だったという一族のものである。その周辺のふつうの家々の墓はせいぜい三坪にも足りず、そこに大きさも形もさまざまな墓石がところ狭しと並んでいる。

東の集落から山上の墓地に行くには、先ず「きぐすりや」という薬屋と「うおしょう」という魚屋の間の小径に足を踏み入れねばならない。すると、径は山腹をよじ上るために、たちまち左右に激しく曲がりくねり始める。

集落の家々の屋根を眼下にしてしばらく上ると、両側は常緑樹の緑と紅葉した樹々のあざやかな赤と黄とが織り合わされた雑木林になり、ときどき倒木が行く手をふさいでいる。樹々に立ち混って、孟宗竹がまっすぐに空に向かって伸びているところもある。

木漏れ日が地面に届くことはめったにない。明るいようで暗い径である。

早春のころにはごくまれに鶯の囀りを耳にすることもあるが、夏を過ぎてからは、耳障りな鳥の鳴き声しか聞こえて来ない。まるで空を飛べない人間を嘲ってでもいるかのように、彼らの声は天空に響き渡る。しかし、鳥たちが通り過ぎてしまうと、あたりはかえってしんと静まりかえり、動くものの気配はまったく感じられない。

ほとんどそう思いこみそうになったとき、山を下りてくる人影に気づいた。

男は目を地面に落として、山径に転がっている石ころを慎重に避けながら、一歩、一歩、用心深く歩を進めている。もう秋だというのに、小柄な体を包んでいるのは白い麻の夏服で、おまけに、濃紺のネクタイまできちんと締め、丸い黒縁の眼鏡をかけている。オール・バックというのか、豊かな黒髪をすべて油で後ろになでつけたような髪型も、少し時代錯誤な感じがする。いかにも紳士然と、右手にはしゃれた散歩用のステッキを握っている。猫越《ねっこ》山の墓参には、いささか不釣り合いな姿である。

他人をまったく無視しているのか、男はすれ違った私に一瞥さえ投げようともしないで、黙ってそのまま通り過ぎようとした。

その光景の意味するものにはっと気づいて、立ち止まったのは、私の方だった。振り向くと、同時に私は彼を呼んだ。

「パパ、パパじゃない?」

写真嫌いだったという父が遺した僅か数枚の写真のなかの一枚に、彼にそっくりの夏服姿が写っていたことを思い出したのだった。そこには、まるまると肥えていた若いころの母と幼い私が父と並んで立っていたはずだった。

「どなたでしたかね?」

彼は足を止めて、面白くもなさそうな口調で訊ねた。

「ぼくだよ。ヤスシ。アダチ・ヤスシ。パパの息子です」

まじまじと私をみつめながら、彼はつぶやくようにいった。

「わたしはたしかにアダチ・アツシだが、あなたはおかしなことをいうね。わたしにはふたりの年子の息子があるが、六歳と七歳だよ。失礼だが、あなたはお見受けしたところ、ご老人ではないですか」

「あたりまえさ」

と私はあわてていった。

「パパが亡くなったとき、確かにぼくは六歳だった。でも、おかげさまで、いつの間にかもう七十二歳になったんだよ。そんなにびっくりした顔をしないでください。兄貴のアキラは一昨年、七十一歳で死んだ。知らなかったの?」

「わたしは三十七歳で死んだから、その後のことは何も知らない」

彼のことばがほんとうなら、今、猫越《ねっこ》山の中腹で、三十七歳の父と七十二歳の息子とが六十六年ぶりに対面していることになる。

風が立って、雑木林が小さくざわめいた。

「でも、わたしはここでアキラに会ったことはないな。死んだのなら、ここにいるはずではないかね。アキラは長男だし、ここはふるさとの墓地なんだから」

「アキラの家族は新興宗教の信者なんだ。遺骨はどこかその関係の寺か何かに預けたらしい。たぶんそれでここにいないんでしょう。確かにぼくは次男だけど、そういうわけでご先祖の墓を守るのはぼくの仕事になっちゃったんだ」

父はうなずいて、ステッキを左手に持ちかえると、空いた右手をヒットラーのように中空にかざして、厳かに宣言した。

「了解」

私も父の疑念が氷解したことを了解し、ふたりは無言の微笑を交わし合った。それにしても、三十七歳の彼の口調がいかにも父親めいて響くのにひきかえ、七十二歳の私の言葉づかいはひどく子供じみているような気がしておかしかった。

父は私の顔を覗きこむようにしながら、「あなた」から「おまえ」に呼び変えて、

「では、おまえは泣き虫の『チャー坊』なのか。しかも、もうわたしの二倍近くも生きているというのかね」

たしかに、ごく幼いころ、私は意味不明の「チャー坊」というあだ名で呼ばれた時期があった。私自身を除けば、今では誰ひとりとして記憶してもいないそんな幼名で私を呼ぶ彼は、間違いなく私のパパだった。チャー坊と呼ばれていた幼年時代の私は、必ずしもその名を忌み嫌っていたわけではないが、そう呼ばれるたびに自分がいくぶん軽んじられているように感じて、反発を覚えたものだった。

だが、もうそんなことはどうでもよい。

「パパが死んだとき、ぼくはチャー坊で、まだたった六歳だったけど、アキラみたいにのほほん

としてたわけじゃない。何がどうなっているのか、ぜんぶわかってたんだよ」

「そうだろう。チャー坊はおませな賢い子だったからね」

父の褒めことばに気を良くした私は、図に乗ってつけ加えた。

「ママにないしょのことだって知ってたよ。ナミエさんのことだって……」

「しっ、ナミエのことはママにはぜったいに秘密だよ」

「わかってるさ。ぼくはパパの秘密を漏らしたりはしないよ。でも、パパはなぜ兄さんじゃなくて、ぼくをナミエさんのお家に連れて行ったの?」

「おませで賢いチャー坊といっしょなら、ママが安心したからだよ。まあ、ママに向けた一種の目くらましだな」

若い父と年老いた子はそこで思わず同時に声を立てて笑った。

猫越山《ねっこ》の秋の空気は乾いていて、その透明な両手がときどき私の頬をここちよく撫でて行った。寒くもなく、暑くもなく、申し分のない日和だった。

「パパが急にいなくなったときは、ほんとうにしっちゃかめっちゃかだったよ。ママは方々にたくさん電話をかけてパパを探したけど、ぜんぜんらちがあかなかった。結局、炬燵に入って、じっと待っているしかなかったんだ」

「そうだろう、そうだろう。ママには悪かったが、わたしだって自分から望んで姿を消したわけじゃない。そんなつもりはなかったんだ」

「あのころもいろいろな噂があったし、今でも真相は誰にもわからないんだけど、ほんとうのところを教えてもらえないかな。パパが死んだのは事故だったの？　それとも、誰かに殺されたの？」

「戦争中の物騒な時代だったからね。何が起こっても不思議はないよ」

と彼はまるで他人事のようにいった。

いつの間にか、私たちは猫越山《ねっこ》の中腹で、木の切り株に腰を下ろして話しこんでいた。

二

何の前触れもなくパパが姿を消したのは、アメリカとの戦争が始まって二年目の寒い冬のさなかだった。東京の私立大学で英語を教えていたパパは、二月半ばのある日、学校に行くといっていつものように出かけたきり、帰って来なかった。二日経っても、三日経っても、何の連絡もなかった。帰宅しないパパを案じて、ママが三日三晩床についていないことにぼくは気づいていた。炬燵でじっとしていてもパパの消息が知れるはずはなかったが、待つことに疲れきって、ママは炬燵の上に突っ伏したまま、修行僧のように仮眠をとった。ぼくは黙っていっしょに炬燵に入っていることで、ママの心労を共有する孝行息子になったような気がした。

世田谷の家の庭には、パパが出かける前々日に降った雪がまだかなり残っていた。部屋に面した芝生では、兄のアキラが竹馬に乗ってはしゃいでいた。何かにつまずいてよろけたらしく、ガラス戸越しに彼のけたたましい笑い声が聞こえてきた。すると、ママは炬燵から頭をもたげていった。

「アキラは元気ね。男の子らしくていいわ」

ママのことばには自分に対する微かな批判が含まれていることに気づいて、ぼくは少し不満だった。兄さんが男らしいなんて、嘘だろ。ママの心痛もわからないで、ただ鈍感なだけじゃないか。とぼくは思ったが、口には出さなかった。

ふるさとの町の旧家の娘だったママは、パパが帰らなくなって三日目の夜、とうとう長距離電話で実家に助けを求めた。翌日、村野さんという番頭格の初老の男がさっそく上京してきた。かつて町の駐在所勤務の警察官だったという村野さんは、行方不明のパパを捜すにはうってつけの人物のようだった。彼は東京のいくつかの警察署を回って、上京した数日後には、すでに火葬も終わって骨壺に納められていたパパを捜し出した。

村野さんに連れられて、ママと兄とぼくは渋谷駅で電車を降り、パパの遺体が発見された場所を訪れた。渋谷川は東横百貨店の傍らを流れるあたりでは、川というより、道端から垂直に落ちこむコンクリートの壁に挟まれたそっけない掘り割りにすぎなかった。かすかに白濁して、ほとんど止まったままのようなゆっくりとした流れはわずか数センチの水深しかなかったが、パパはその底にうつぶせに横たわっていたのだという。

建物のあいだの細い路地を通ってそこに導かれたぼくたちは、五、六メートル下の川の底をおそるおそる覗きこんだ。

「あんなところで、パパはさぞ寒かったでしょうね」

とママはいって、さめざめと泣いた。ぼくも涙を流したが、兄は黙って立っていた。

それから、ぼくたちは渋谷駅から出る小さなバス（そのころ大型バスはまだなかった）に揺られて、父の遺骨が安置されている火葬場へ向かった。二十分後、甲州街道沿いの停留所でバスを降り、踏切をひとつ渡って、だらだら坂を下ると、背の高い煙突がそびえ立っていた。その下にひっそりとうずくまっているのが、都営火葬場の灰色の建物だった。

二月の火葬場には寒気の固まりが居座っていて、ぼくは足元からはい上がってくる身震いを押さえることができなかった。無縁仏を祀る粗末な木製の棚の上に、布に包まれるでもなく、むき出しで置かれているパパの白い骨壺を目にして、ママとぼくはふたたびむせび泣いた。

五体健全だったパパの突然死の原因は誰にもわからなかった。村野さんによると、戦時中の警察ははなはだしく手不足で、身元不明の変死体にいちいちつきあっている余裕はないというのだった。パパがなぜ川底に転落したのか、建物の蔭になっていたとはいえ、なぜそのときパパは誰の目にも触れなかったのか、子供ごころにも不可解だった。村野さんはパパが酔っぱらって、川に向かって立ち小便でもしようとしたのだろうといったが、ぼくには納得できなかった。いつもおしゃれで、ちょっと気取りやだったパパが町中で立ち小便などするはずがなかった。

もしかすると、パパは誰かにそこに連れこまれて、突き落とされたのではなかろうか。でも、もしそうだとしたら、いったい誰が、何の目的で？

ふるさとの町では、パパがアメリカのスパイだったという根強い噂が流れた。噂によれば、戦時下のどさくさにまぎれて、パパは特高警察か何かの黒い手で計画的に消されたのだというのだった。たぶんパパが当時ではめずらしくアメリカ留学の経験者で、私大の英語教師だったことからの連想だったのだろう。そのころはアメリカとの戦争の真っ最中で、したがって英語はいわゆる「敵性語」だったから、それを職業にしていたということ自体が、何となくうさんくさく感じられたにちがいない。

たしかに、パパの書斎の本棚には英語の本がぎっしり並んでいたし、郵便受けにはときどき外国から横文字の手紙が届けられた。まれには電話で外国語をしゃべっていることもあった。でも、家族にとっては、パパは食べたり、飲んだり、怒ったり、笑ったり、酔っぱらってピアノのキーをでたらめに叩いたりするどこにでもいるふつうのパパで、おどろおどろしい謀略や陰謀の気配を身辺にただよわせているような人間ではなかった。もちろん、怪しげな人の出入りもなかった。そんなパパに世間がスパイの疑いをかけたとしたら、気狂いじみた時代の風潮のなせるわざだったとしかいいようがない。

実は、ぼくの知っているかぎり、家族に隠されていたパパの秘密は、恐ろしい戦争やどす黒い謀略とは何のかかわりもなく、もっともっとはるかに柔らかくて優しいものだった。ナミエさんがパパの秘密だった。ナミエさんはぼくに話しかけるとき、目を細めて、透明なガラスの鈴のような声を出した。ほっそりとした長身で、小さく整った色白の瓜実顔が美しく、たいてい淡い色彩の洋服を着ていた。いつも和服で、まるまると肥えていたママとは、ひと味もふた味も違っていた。

「一種の目くらまし」だったとはいえ、たぶん手足まといだっただろうに、なぜパパは幼いぼくを一度ならずそこへ連れて行ったのだろうか。東横線の田園調布駅からしばらく歩いた丘の中ほどにあったナミエさんの家は、ぼくの目には先端の尖った巨大な弾丸のかたちのように見えた。だが、洋館風の外観にひきかえ、招じ入れられた屋内は、戦前の東京郊外のどこにでもあった和洋折衷のたたずまいだった。

洋間のソファーに足を投げ出すような格好で座って、ぼくはすすめられるままに、そのころはたいそう珍しいお菓子だったシュークリームを食べたり、砂糖をいっぱい溶かしこんだ甘い紅茶を飲んだりした。絵本を眺めながら、いつの間にか昼寝をしてしまうこともあった。ぼくはひとり遊びを厭わない子供だった。ナミエさんの家はいつ来ても明るくて、暖かかったが、この居心地の良さをうっかりママの前で口にしてはならない、とぼくは自分を戒めた。パパの秘密を知っているのは、世界中でぼくだけなのだから。

もちろん、パパが行方不明になったとき、ぼくはすぐにナミエさんのことを思い出した。ナミエさんはこの騒ぎを知っているのだろうか。もし知らないのなら、どうにかして教えてあげなくてはならない。いや、もしかすると——ぼくはこころひそかに願った——パパはナミエさんの家に潜んでいるのではなかろうか。だが、その考えは決して口にしてはならないものだった。

六歳のぼくがひとりで担うには、あまりにも重い秘密だったが、それを守り通したぼくはたぶん

「おませで賢いチャー坊」だったのだろう。村野さんが警察署を訪ね歩いてパパを探していることを知っていながら、この件に関するかぎり、ぼくはかたくなに口をつぐんでいた。できることならひそかにナミエさんの家を訪ねたいと願ったが、ぼくにそのすべのないことはあきらかだった。

ナミエさんについては、ぼくは徹頭徹尾パパの味方だった。パパの秘密がママを悲しませるにちがいないとわかっていたせいもあったが、秘密を分かちあう相手として、兄ではなく、ぼくを選んでくれたパパの信頼を裏切ることはできなかった。ぼくはママも大好きだったが、パパも大好きで、その間の矛盾を感じるにはまだ少し幼な過ぎたにちがいない。それに、正直にいうと、ママとパパが好きだったように、ぼくはナミエさんも大好きだったのだ。

ぼくがいっしょうけんめい秘密を守ったというのに、パパはナミエさんの家に隠れていたのではなく、骨になって、火葬場の祭壇に祀られていた。ちょっと約束違反のような気もしたが、もうパパといっしょにナミエさんを訪ねることもないのだと考えると、ぼくのこころは悲しみでいっぱいになった。

三

「そうだろう、そうだろう」

と父はいった。

私たちは猫越山《ねっこ》の中腹の木の切り株に腰を下ろして話しこんでいた。宿《しゅく》の集落の家々の屋根が雑木林の木々の幹の間に透けて見えた。日が西へ傾きかけたために、私たちが座っていた山の東の斜面は影の中に沈み、だんだん気温が下がってきた。白い夏服の父は少し寒そうに見えた。

「わたしだって、チャー坊を悲しませたくはなかったよ。あれは不可抗力だったんだ」

「ふうん。でも、自分の意志でなかったとしたら、どうしてあんな路地へ入りこんだの。まさか自殺するつもりだったんじゃないだろうね」

「わたしに自殺する理由はなかった」

「わからないな。自殺でなかったとしたら、パパが渋谷川に落ちたのは、事故だったか、それとも誰かに突き落とされたとしか考えられない」

「おまえの想像にまかせるよ」

と父はいって、謎めいた微笑みを浮かべた。六歳の私を秘密のナミエさんの家に同道してくれたのに、どうやら自分の死因の真相についてはどうしても口を割りたくないような気配だった。もっとも、私には是が非でもその場で父を問いつめて、六十六年前の出来事の説明を求める気はさらさらなかった。今さら七十二歳の私が三十七歳の父の死の真相を知ったところで、何がどう変化するというものでもない。だいたい、父と子がたがいに秘密を持ち合っているのは、世の常ではなかろうか。

私にも父にはいえない秘密があった。

十八歳の大学生になったばかりのころ、私はナミエさんを訪問したのだった。入試を終えて、それまで受験勉強に明け暮れていた日々を取り戻すために何かしなくてはと思いあぐね、その結果、ようやく決心した行動のひとつだった。父が猫越山《ねっこ》に去って、すでに十数年が経っていた。

東横線を田園調布駅で下車してから、正確な住所も知らず、地図も持たないまま、私はもっぱら幼いころの記憶を頼りにナミエさんの家を探した。父に連れられて歩いた道を私の足が覚えていたらしく、一度も迷うことなくそこにたどり着いたのは、われながら不思議だった。その家はやはり巨大な弾丸のようなかたちに見えた。

父の名を告げると、突然の訪れをいぶかしむ様子もなく、ナミエさんは私を見覚えのある洋間に招じ入れた。明るくて暖かいその部屋には十数年前と同じ時間が流れていて、たいそう居心地がよかった。私はすっかりくつろいで、幼いころとおなじように、シュークリームを口に運び、紅茶をすすった。

じっさいに再会したナミエさんは思っていたよりも小柄だったが、そろそろ三十代の半ばを過ぎているはずの彼女は相変わらず美しかった。たぶんかつての父もそうだったように、私は彼女の色白の瓜実顔と透明なガラスの鈴のような声に魅了された。父が幼い私を連れてきたのは、もしかするとナミエさんの美しさを自慢したかったからだったのかもしれなかった。

子供の私にとってとうてい手の届かない大人の女のひとだったナミエさんも、今では少し先輩の友人のような感じだった。私は父に連れられて訪れたころの記憶について語り、彼女は自分の生い立ちや、父と知りそめたころの思い出を問わず語りに語ることで私をもてなしてくれた。

私はナミエさんがふるさとの町の出身であることを初めて知った。ナミエさんも私も、猫越山《ねっこ》の地縁に連なっていたのだった。彼女の実家は猫越山《ねっこ》の西に位置する西平《にしびら》の集落にあり、父親は町でただひとりの開業医だった。ふるさとの町では、ほとんどすべての住民が彼の患者だった。田園調布の弾丸型の家は、彼が女子大生のナミエさんと医学生だった彼女の兄の通学のために買い与えたものだということだった。兄が父親の医院を継ぐために帰郷した後も、彼女はそこでひとり暮らしをつづけていた。

ナミエさんが父を知ったのはちょうどそのときの私の年ごろで、父は彼女が入学した女子大で非常勤の講師として週に一回教えていたのだった。アメリカ帰りの父は、女子学生のあいだでなかなかの人気者だったらしいが、父が同郷のナミエさんに特別の親しみを覚えたとしても不思議はない。女子大を卒業した彼女が母校の助手に採用されてからは、いわば同僚同士の親しいつきあいが始まり、それがいつの間にか母には明かせない密かな関係に発展していったのだという。

教室では、先生は、と話しかけたナミエさんは、あなたのパパは、といい直した。厳しい方でした。女子学生だからといって、容赦なさらなかった。でも、わたしたちには、変に生徒を甘やかさないそんな態度がかえって魅力的だったわ。しかも、先生はけっしてこちこちの石頭ではなくて、アメリカ流とでもいうのかしら、いつもあたりに暖かいユーモアの雰囲気をふりまいていらっしゃった。軽薄なジョークを次々に口になさるようなタイプとは違っていたけれど……。

いわば六歳のときに死んだ父の記憶を確かめるためにそこにいた私にとって、ナミエさんの話はひとつひとつがみな新しい発見だった。父の死をめぐるかずかずの憶測をさんざん聞かされてきた私も、かつての彼の職場での働きぶりについて耳にするのははじめての経験だった。それは私の興味を引く物語のはずだった。だが、十八歳の私は生前の父の物語そのものよりも、それを語っているナミエさんの様子に見とれた。

ふるさとも、そこの山に葬られた父も、もうどうでもいいような気がした。戦後第一回のフルブライト留学生として、ミシガン大学に学び、今では母校の女子大で英語を教えているというナミエさんは、たしかにゆたかな知性と教養を感じさせた。だが、そのような磨き上げられたきらきらしたものに加えて、彼女の身辺にはまがうことなく身体の芯から匂い立つ不可思議な蠱惑の気がただよっていた。それは甘さと痛みを同時に孕み、かすかに罪悪の色を帯びていた。

ナミエさんの怪しい魅惑の正体を見極めることができないまま、私は何ものかに取り憑かれたような気分で、その後毎月のように弾丸型の家を訪ねるようになった。飲み慣れないワインを飲み、夕食をご馳走になって、数時間をナミエさんとともに過ごすのが、十八歳の私の至福のときだった。私たちはふるさとの町の噂や、始まったばかりの私の大学生生活や、ナミエさんの留学時代の思い出などを、とりとめもなく話し合った。

六回目の訪問のとき、少しワインを飲み過ぎた私は、ナミエさんにすすめられるままに一泊させてもらうことにした。当時の私は下宿生活だったから、外泊を咎める者はいなかった。二階の八畳間には、二組の布団が南に向かって並んで敷かれていた。私は入浴をすませ、ナミエさんから借りた歯ブラシで歯を磨き、たぶんかつて父が着たにちがいない男ものの浴衣に着替えて、右側の布団に横たわった。

しばらくして、ナミエさんが音もなく自分の布団に入る気配がした。目を閉じていても、眠気はいっこうに襲ってこなかった。床の中でナミエさんは身じろぎもしなかったが、彼女も眠れないでいることがわかった。

かなりのときが経ち、私は思い切って訊ねた。どうしたらいいの。ナミエさんはいった。下着を取って、こっちへいらっしゃい。私は命じられるままに動き、ナミエさんは私を導いた。

それが父にはいえない私の秘密だった。

「そんなことは秘密でも何でもない」

と父はきっぱり断言し、からからと笑った。

「チャー坊のことも、ナミエのことも、わたしは先刻承知だよ。よくあることさ。なんとも下品な表現だが、そういうのを世間ではふつう親子どんぶりというんだ」

私は心底からびっくりした。なぜ父は私とナミエさんとの秘め事を知っているのか。さきほど、わたしは三十七歳で死んだから、死後のことは何も知らない、といったばかりではないか。そのことばは嘘っぱちだったのか。

「端的に申せば」

と父は少々古めかしい言葉づかいで答えた。

「わたしは幽霊だからね。幽霊は何でも知っている。パパは何でも知っているんだ。幽霊に隠し事は禁物だよ。それはそうと、もうそろそろ日も暮れるころだから、わたしは山の上に帰った方がよさそうだ。もっとも、ふつう幽霊は夜に出るものなのかな？」

「でも、さっきは山を下りかけていたでしょう。どこかへ行く途中だったんじゃなかったの？」

「久しぶりにナミエに会いに行こうと思ったんだが。しっ、これはママにはぜったいに秘密だよ」

「わかってるさ。ぼくはパパの秘密を漏らしたりはしないよ」

「いつになっても世はままならないものだよ。わざわざ山を下りなくてはナミエに会えないんだから。しかし、今日はチャー坊に会えたから、ナミエのことはあきらめるとするか。予定を変更して、帰るとしよう」

「ぼくも連れて行ってください。もう七十歳を過ぎたことだし、ぼくもそろそろそちらへ行きたいんだ」

「いや、今日のところは止めておこう。突然姿を消すのはよくない。みんなに心配をかけるだけだ。わたしが死んだときのことを思い出してみたまえ」

「この次はいつ会えるのかな？」

「幽霊はあまりしょっちゅう出歩かない方がいいんだ。世の中の公序良俗を乱してはならんのだよ。わたしはチャー坊の思い出の中にいるだけでじゅうぶん満足さ」

そういい終わると、父は右手に握っていたステッキを左手に持ちかえ、空いた右手をヒットラーのように中空にかざして、私に別れの挨拶を送った。

小楢や櫟や楓の華々しい紅葉と常緑樹の緑が混じり合った猫越《ねっこ》山の織物の合間に、いつしか薄い夕闇が忍び寄り、山頂がぼんやりと霞み始めた。

その瞬間、父の白い夏服の後ろ姿はふっとかき消え、墓所に向かう小径の乾いた空気の中に溶けこんだ。

秋たけなわのその日、私は墓参を断念してふるさとの山を下りた。

初出一覧

庭園にて　「新潮」一九七一年一二月号
かわあそび　「新潮」一九七二年八月号
メリケン屋敷　「新潮」一九七六年五月号
I♡TEXAS　「三田文学」一九九二年八月号
ぼくのヒッピー　「三田文学」二〇〇二年春季号（「ヒッピーの時代」改題）
猫越山　「三田文学」二〇一〇年春季号

足立 康（あだち やすし）

1936年、東京生まれ。慶應義塾大学文学部英文科卒。同大学院修士課程修了。テキサス大学大学院（アメリカ文明）修士課程修了、博士課程単位取得退学。青山学院女子短期大学名誉教授。著書として『雑記帖のアメリカ』(慶應義塾大学出版会)、訳書にサルバドール・ダリ『わが秘められた生涯』(新潮社)、R・ナッシュ、G・グレイヴズ『人物アメリカ史』上下（講談社学術文庫）、ジェイムズ・フェニモア・クーパー『モヒカン族の最後』(福音館書店）等がある。

猫越山《ねっこやま》

2013年7月25日　初版第1刷発行

著者／発行者　足立 康
制作・発売所　慶應義塾大学出版会株式会社
郵便番号108-8346　東京都港区三田2-19-30
TEL〔編集部〕03-3451-0931
〔営業部〕03-3451-3584〈ご注文〉
FAX〔営業部〕03-3451-3122
振替 00190-8-155497
装丁　服部一成
組版　ステラ
印刷・製本　中央精版印刷株式会社
カバー印刷　株式会社太平印刷社

Printed in Japan　ISBN 978-4-7664-2055-5